御徒町輝夜姫騎士團

浅原ナオト

Okachimachi
Kaguya Knights
Naoto Asahara

目次

主要登場人物——無敵的國中生。**「騎士團」**。

浩人
被妓女母親一手扶養長大。**「戰士」**。

圭吾
有個流氓爸爸的純種不良少年。**「武鬥家」**。

孫
經營中華料理店的中國人夫婦之子。**「魔法師」**。

加藤
擅長開鎖，對自己的名字很自卑。**「盜賊」**。

望
向浩人搭訕的神祕少女。**「月亮公主」**。

開場

國中二年級的夏天，我說「好想去頂樓」，並沒有任何深意。

從教室窗戶望見的天空藍得誇張，我想近一點看，才在無意識間說了這句話。就像沒有心上人也不想去聯誼的人，在推特上發文宣稱「好想交女朋友」一樣，迷糊地說出了模糊的欲望。如果只有我一個人，這件事便會就此了結，但是當時圭吾、孫和加藤也在場。

五分鐘後，我們來到通往頂樓的門前；二十分鐘後，我們用智慧型手機上網拍訂了套撬鎖工具；三天後，我們把前端彎曲的金屬棒插進我家玄關的鑰匙孔，亂撬一通；一個星期的放學後，我們再次聚集於通往頂樓的門前。

「我要開囉。」

加藤從制服長褲的口袋裡拿出兩根粗細長短不同的金屬棒，在鑰匙孔前蹲下來。就連我家那種震度五地震就會震垮的破公寓門鎖，都只有加藤一個人能用工具撬開，因此我們交給王牌全權處理，聆聽著金屬與金屬摩擦的聲音。

「要我去樓下把風嗎？」

圭吾用大拇指指著樓下，孫緩緩地搖了搖頭。

「反正無處可逃，還是別引人注意比較好。」

「說得也對。那——」

喀嚓一聲，沉甸甸的零件大大轉動的聲音。

大家的視線都集中到同一點。加藤指著視線聚集的鑰匙孔，露出賊笑。

「開了。」

愛你喔，我揍了加藤的背一拳。圭吾打開門，陽光從門縫外洩，在塵埃飛舞的光線引導下，我們想像著猶如打翻了無垠大海般的鮮藍色拓展於眼前的光景，衝上頂樓。

牆壁。

鄰接學校的大樓混凝土牆壁淹沒視野。十層樓的大樓遠比四層樓的校舍高，帶來一股排球攔網般的壓迫感。在混濁的灰色中，連塊橡皮擦屑大小的天藍色都不存在。

我走出大樓的陰影。被戲稱為校舍前廣場的狹窄操場與學校隔壁的小公園前頭，座落著一棟同樣比學校高的公寓，視野被這棟公寓阻絕，完全沒有俯瞰街景的感覺。

總覺得……

「比想像中還鳥。」

圭吾老實說出感想，加藤也嘆一口氣。

我發現環繞頂樓的護欄有一部分是柵門，便走向掛著倒三角形危險標誌的柵門，搖晃看看。柵門上有個小小的鎖頭，打不開，就像老天爺在跟我說：「很遺憾，此路不通。」

田徑社員正在操場裡練習跳高，蜷曲如蝦的身體如飛魚般跳過條紋狀的橫竿。綠色護墊分散衝擊的聲音遠遠地傳來，我這才實際感受到自己離地面有段距離。

孫來到我身旁，一面用食指將眼鏡往上推，一面對我說道：

「待在這種特別的地方，你會不會胡思亂想？」

「胡思亂想？」

「比如要是恐怖分子現在攻進學校，該怎麼辦之類的。」

我吃了一驚，而加藤先我一步說出吃驚的理由。

「原來孫也會妄想這些？」

「會啊，很老套吧？加藤，你不會嗎？」

「會是會，只不過我覺得你跟我們不一樣，腦筋很好，應該不會妄想這種蠢事。」

我們──他居然擅自把我們歸為一類？

雙手插在長褲口袋裡的圭吾不服氣地說道：

「喂，我『們』是什麼意思啊？」

「可是，圭吾也會吧？」

「……哎，會是會啦。」

圭吾對我投以求助的視線。幹嘛那樣看著我？學校被恐怖分子襲擊，這種蠢事我當然也妄想過。

「我也會啊，像是在槍林彈雨裡穿梭。」

「啊，對對對，然後靠近恐怖分子，一拳解決掉他。」

圭吾打了個直拳，好快。恐怖分子姑且不論，如果是我，大概會被他一拳擊倒。

「還有駭進學校的監視器，掌握恐怖分子的行動。」

「我曾想過在錯身而過時摸走對方的槍。」

孫和加藤發表他們的妄想，我調侃道：

「這就是俗稱的『中二病』。」

「我們的確是國中二年級啊。」

孫笑道，我也笑了。不過，加藤並沒有笑，而是一本正經地喃喃說道：

「話說回來，為什麼國中生都會妄想這些有的沒的？」

這是個單純的疑問。不過，問題越是單純，越難以回答。為什麼天空是藍色的？為什麼不可以殺人？為什麼國中生都會得中二病？我連想都沒想過。

田徑社員在操場上奔馳，鞋底和沙子摩擦的聲音讓我的腦袋變得粗糙不平。就在我的腦子開始燒焦之際，孫清晰的聲音讓我冷卻下來。

「國中生的『中』就是不上不下的意思，無法像小孩那樣天真地期待，也無法像大人那樣認命，所以才會妄想。」

我好像明白。我們無法像小孩那麼單純，卻又不能像大人那麼認分。

「知道聖誕老公公是爸媽扮的，所以不放襪子，但還是覺得聖誕老公公應該存在——你們有過這種時期嗎？」

我和加藤點了點頭，不過圭吾沒有點頭。

「我沒有，聖誕老人從來沒來過我家。」

氣氛變得有點沉重。加藤提高音量，改變話題的走向。

「那我們變成高中生以後，就不會再妄想這些了嗎？」

距離高中生還有一年半，雖然近在咫尺，卻像是被厚厚的玻璃阻隔，伸手也無法觸及。近在眼前，卻遠在天邊的未來。

關節不時感受到的生長痛，宣告著我還會繼續長大。身高會變高、聲音會變低沉，還沒長齊的陰毛也會變得茂密。長大以後，就像站在燈塔頂端可以放眼大海一樣，我也可以用不同於現在的視野看見更廣闊的世界。到時候，我應該就會知道了吧。

知道何謂現實。

「——這樣也滿感傷的。」

我仰望上方，將藍天烙印於眼底，閉上眼睛，想像著自己踹破眼前的柵門，衝出頂樓，在空中游泳的光景。

我知道我不會飛，就像知道恐怖分子不會襲擊學校一樣，不過，我可以在腦中描繪自己翱翔空中的模樣，如同我可以描繪自己打倒恐怖分子的情景一樣。

我緩緩睜開眼。既不能翱翔也不能游泳的平凡藍天攔截了視野，而我不經意地在天空另一端發現一個幻想中並不存在的物體。

我舉起右臂，指著浮在東方天空中的白色岩塊。

「是月亮。」

每次懷念她，總是會先想起那輪皎潔的明月。

第一章　戰士之詩

1

我居住的城鎮裡有三個冠上「御徒町」之名的車站。

ＪＲ的御徒町站、日比谷線的仲御徒町站和都營大江戶線的上野御徒町站。再往淺草方向走，還有筑波特快線的新御徒町站。所謂的「御徒」，指的是不准騎馬代步的下級武士，聽說從前這裡有許多這類武士居住的長屋。換句話說，就是靠家庭代工維生的窮人居住的髒亂小鎮。

時光流逝，到了現代。

小鎮南邊是寶石街，卻沒有寶石那種璀璨亮麗的氛圍，而是掛著泛黑招牌的寶石批發商林立的庶民區。道路雖然取了「鑽石大道」、「紅寶石街」等珠光寶氣的名字，可是超級不搭。如果跟女朋友說要帶她去逛寶石街，實際去了以後，一定會大失所望吧。外國人很多，或許可以體驗出國旅行的感覺，不過愛逛「寶石街」的女生應該不會想經過令人顫慄的亞洲小巷。

北邊有沿著JR高架線、長達五百公尺的商店街——阿美橫丁，簡稱「阿美橫」。服飾店、鞋店、皮包店、鐘錶行、魚店、蔬果店、家電行、電子遊樂場、居酒屋、小鋼珠店——活像把喜歡的食材全丟進去的黑暗火鍋。這種火鍋有時候出奇美味，當然，大多時候都是難以下嚥。

穿過阿美橫就是上野，有以貓熊聞名的上野動物園和以櫻花聞名的上野公園。我是御徒町的人，難免會以御徒町為基準思考，不過一般人應該都覺得是先有上野，而御徒町就像是上野的殖民地吧。這樣也好。陌生人問我「住哪裡？」的時候，我也是回答「上野」，因為這樣比較好懂。

打從我出生之前，身為東京門戶而一路發展過來的上野一帶便是來者不拒、去者不留，結果，就像是大海與河川交界處的半海水會建立起獨特的生態系一般，許多奇形怪狀的人在這裡定居下來。在上野公園的綠籬邊小便的流浪漢、大白天就在仲町路的風化區遊蕩的皮條客、永遠在結束營業大拍賣的鐘錶行，還有——

月亮公主。

她說她母親是統治月亮的女王，所以她是月亮公主。當時，她沐浴在照耀夜空的月光下，帶著毫無心機的無邪笑容，確確實實是這麼跟我說的。

你相信嗎？

我相信。

那一天的天氣好得誇張。

那是春假最後一天，明天起，我就是國三生。當我躺在床上滑手機時，加藤傳訊到ＬＩＮＥ群組問：『要不要去賞花？』我想也沒想就回覆：『好啊。』圭吾和孫也隨即附議，我們決定好集合地點和時間以後，便結束了談話。想到什麼就做什麼，是我們的一貫作風。

我從床上起身，脫下運動服，換上牛仔褲和襯衫，把智慧型手機和Paul Smith的皮夾（仿冒品）塞進牛仔褲的口袋裡，穿上聖羅蘭的夾克（仿冒品），走向客廳。穿著ＬＶ開胸睡衣（仿冒品）的媽媽，正躺在沙發上玩裝在芬迪手機保護套（仿冒品）裡的智慧型手機。她一看見我便緩緩起身說：

「早，浩浩。」

我看了電視櫃上的電子鐘一眼，時間是下午兩點。雖然一點也不早，我還是姑且回了句「早」。獨自將我扶養長大的媽媽是個妓女，在上野的風化區仲町路上班，總是起得很晚。

「你要出門？」

「嗯。」

「約會？」

「不是。」

我走向玄關，看見餐桌上有個印有白色「CHANEL」字樣並附有香奈兒商標的神祕黑色棒狀物，不禁停下腳步。

「這是什麼？」

「自拍棒。要用可以拿去用。」

「香奈兒有出自拍棒嗎？」

「誰曉得？」

絕對是仿冒品。這應該可以拿來當笑料，所以我用手機拍下照片。接著，我走出客廳，在玄關穿好鞋子，對著屋內說道：

「我出門了。」

我打開門，走向屋外，穿越昭和路，走過電車的高架橋底下，來到JR御徒町站前的「御徒町貓熊廣場」。這是個被角落的廉價貓熊像左右了名字的廣場，足可證明御徒町是上野的殖民地。

我環顧廣場一周，發現兩個少年正站著聊天。一個留著後頸髮際長的金髮，雙耳戴著耳環，身高約一百八十公分，一副不良少年樣；另一個剃了三分頭，穿著寬鬆的連帽上衣，身高約一百五十公分，一副小孩樣。哥哥與弟弟，高中生與小學生，土佐犬與吉娃娃。不過，他們的真實身分是同齡的國中生。

「啊，浩人。」

吉娃娃加藤察覺到我，土佐犬圭吾也回過頭來。我隨口說聲「嗨」，走向兩人。

「孫呢？」

「還沒到，應該快來了吧。」

大家望向大馬路對面的阿美橫，不久，往來於大馬路的行人之間出現一個右手提著托特包的眼鏡少年——孫。他是在阿美橫經營中華料理店「大連樓」的中國人夫婦的兒子。如果圭吾是土佐犬，加藤是吉娃娃，那孫就是邊境牧羊犬。看起來很聰明，實際上也很聰明。

「你們等很久了嗎？」

「沒有，走吧。」

我們接二連三邁開腳步，來到上野廣小路的交叉路口，穿越中央路之後，就是上野公園。沿途鋪排的藍色塑膠布占據了大半路面，大型垃圾桶空間不足，便當盒和寶特瓶散落一地。盛開的櫻花樹林立於兩側，淡桃紅色花瓣漫天紛飛。春天是上野公園一年裡最骯髒，同時也最美麗的季節。

我們並排坐在暗處的綠籬邊。孫從托特包裡拿出貼有紅色標籤的瓶子和紙杯，把紙杯遞給大家，並注入了瓶中的麥芽糖色液體——紹興酒，中國的酒。

「「「「乾杯！」」」」

我們用中文發音說道，互碰杯子，一口氣喝乾了酒。這下子我們都是不折不扣的犯罪者。加藤說道：「藥味好重，難喝死了。」開心地笑了起來。

☾

「真的有那種鬼東西？」

「真的啦。你看，就是這個。」

我拿出出門前拍下的香奈兒自拍棒照片給加藤看，加藤捧腹大笑，因為酒氣而泛紅的臉變得更紅。孫窺探我的手機，說了句毒辣的評語：

「活像演唱會周邊商品販賣區賣的那種俗到極點的商品。」

「八成是你的國家做的，你要負責。」

「抱歉，我是在日本出生長大的。」

孫喝了口寶特瓶裡的茶。酒早就喝光了。太陽已經完全下山，夜櫻在提燈形狀的朦朧路燈照耀下，醞釀出一種幻想之美。哎，不過根本沒人在賞櫻就是了。

「高橋獻唱一曲！」

旁邊賞花的上班族站了起來，唱起音準和節拍都完全對不上的歌——THE BLUE HEARTS的〈琳達琳達〉，我忍不住皺起眉頭。

我的名字就是取自於「THE BLUE HEARTS」的樂團主唱甲本浩人。爸爸喜歡他，而媽媽受到爸爸的影響也喜歡上他，所以才借用他的名字。家裡有THE BLUE HEARTS的所有CD。順道一提，爸爸在我出生三個月後留下了以THE BLUE HEARTS的歌曲〈我有我要的死法〉為名的信，消失無蹤。據說那是他闡述被家庭束縛的人生有多麼痛苦的力作。因為這個緣故，我從來不聽THE BLUE HEARTS的歌，並衷心祈禱素未謀面的爸爸最後落得被人諷刺「這就是你要的死法？」的下場。

上班族繼續唱歌，唱得難聽又刺耳，而且還是THE BLUE HEARTS的歌，讓我越聽越火大。你副歌要唱幾遍啊？旁邊的女人也很困擾，醒醒吧！高橋。

「你很不爽喔？」圭吾把只剩一根菸的萬寶路菸盒遞給我。「要抽嗎？」

「不用了。」

「了解。」

圭吾叼起最後一根菸，左手捏扁空盒，右手用百圓打火機點上火。不愧是有個流氓老爸的純種不良少年，架式十足，完全不是區區妓女之子的我可以相比。

上班族的歌聲停止了，周圍隨即變得安靜無聲。我的視線循著圭吾吐出的煙霧而上，仰望夜空。下弦月在稀薄雲層的另一頭燦然發光。

「我們……」加藤喃喃說道：「升上三年級以後還能同班嗎？」

沒有人回答，不過我們知道正確答案。大家都要分到同一班很困難，不過這不會改變我們的友情，以後也要常常出來玩——大概是這樣吧。可是，除非酒裡被加了自白劑，否則這麼丟臉的話我們絕對說不出口。

「不能同班的機率應該比較高吧。」

圭吾把菸蒂扔到地面上。我將視線移到遠處，不小心和兩個身穿群青色衣服的男人對上眼。正在巡邏上野公園的派出所制服警官發現了這群入夜以後還不回家的壞孩子，立刻走了過來。

——糟糕。

酒都喝光了，連垃圾都沒留，不過我們身上酒氣沖天，一聞就知道「這幾個小子剛才在喝酒」，要蒙混過去很困難。

不知是不是聞到了酒味，中年警官皺起眉頭，另一個年輕警官則是微微彎下腰跟我們搭話：

「你們是國中生嗎？」

這種時候，我們都會採取特定行動。

罪有多重往往因人而異。就像不良少年做了好事會被過度誇讚一般，模範生做了壞事往往會被小題大作。以我們而言，罪由重到輕依序是加藤、孫、我、圭吾。加藤除了有個正常人連替金魚都不會取的名字以外，過的是平穩至極的人生，輔導對他而言是致命傷；相反的，非現行犯的喝酒加抽菸，對於現在的圭吾而言根本沒有任何殺傷力。

所以，黑鍋全部丟給圭吾背，其他人逃之夭夭。

「──加油！」

我用中文扔下這句話，拔腿就跑。幾乎同時，孫和加藤也分別往其他方向逃走。中年警官伸出手說：「站住！」圭吾卻從旁抓住他的手，並順勢給了年輕警官一記掃腿。這下子又追加一條妨礙公務。謝啦，圭吾，事後我會按照慣例，好好答謝你。

我穿梭於賞花客之間，跑向不忍池，衝過人滿為患的打靶攤位所在的小路，穿越供奉弁財天的弁天堂，來到乘船場以後，暫且停下腳步回頭觀看，確認警官並未追來，這才喘了口氣。

「欸。」

背後傳來女人的聲音。

這是她對我說的第一句話，不過我毫無反應，因為我不知道她是在叫我。然而，甜美的聲音更加接近我的耳邊。

「欸！」

饒是出門在外從沒被女人搭訕過的我，這時候也察覺了。我想像著媽媽那些妓女同事的模樣，緩緩地回過頭。我只想得到這種可能性。

然而，我錯了。

穿著白色女用襯衫和高腰百褶裙，長長的黑髮隨著晚風翻飛，面帶笑容的少女顯然不是媽媽的妓女同事。迥然不同，天壤之別，就像色情片和吉卜力動畫相差那麼多。而正如播放色情片卻出現吉卜力動畫時絕大多數的人反應，我也是一陣茫然。不是誰好誰壞的問題，總之我就是啞然無語，愣在原地。

少女豎起右手食指。白皙得好似人造物的手指朦朧地浮現於黑夜之中。

「一個人嗎？」

我不認識她。

就算這個女孩認識我，我也不認識她。應該不是我忘了。如果我們真的說過話，縱使只有短短幾句，我也不會忘了這樣的女孩——我有這種感覺。

「……妳是不是認錯人？」

我的聲音微微上揚。少女活像是遇上了未知生物的貓一般，眨了眨眼睛。

「什麼意思？」

「妳是不是把我當成別人，才跟我搭話？」

「為什麼這麼說？」

「因為我們應該是第一次見面吧？」

「搭訕本來就是找第一次見面的人吧？」

搭訕。這個女孩向我搭訕——開玩笑的吧？

「你到底是不是一個人？」

少女的臉頰上浮現宛若小矮人腳印的酒窩。她的聲音又輕又柔，沒有絲毫壓迫感，可是不知何故，卻讓人無法抗拒。

「嗯。」

「太好了。你看起來應該是國中生或高中生吧？年齡和學年是？」

「十四歲，今年要升國三。」

「哇，跟我一樣，簡直是命中註定！」

啪！少女在胸前拍一下手。接著，她露出有所發現的表情，指著我的夾克說道：

「那是聖羅蘭的吧？原來你是有錢人啊。」

「哦。」我拉好夾克的衣領，思考該怎麼回答，最後決定別打腫臉充胖子。「這是仿冒品。」

「仿冒品？」

「對，中國製的仿冒品。其他還有很多，像這個也是Paul Smith的仿冒品。」

我拿出黑色長夾揚了一揚。少女目瞪口呆地看著我，又看了皮夾一眼，接著——放聲大笑。

「……有這麼好笑嗎？」

「因為說出來就失去了仿冒品的意義啊。你幹嘛這麼老實？」

「這是我媽買的，並不是我愛慕虛榮才用的。這是我唯一一件夾克和皮夾。」

「什麼跟什麼？比起假名牌貨，還有更該買的東西吧。啊，真有趣。」

真有趣。換作班上的女生，大概會說「好好笑」。這一點讓我印象深刻。

「話說回來，好厲害，完全看不出是仿——」

少女觸摸我的夾克，話說到一半，突然停住了。接著，她伸長脖子，把臉湊近我的胸口嗅了嗅。

「——有酒味。」

她捏住鼻子，瞇起眼睛。我想起小學的時候養在教室裡的倉鼠小花，每次戳牠的額頭，牠都會露出同樣的表情。我愛死小花了，覺得牠好可愛、好可愛，好想一口吃掉牠。

「我剛才和朋友在賞花，喝了一點酒。」

「你是國中生吧？不會被抓嗎？」

「剛才差點被抓，從那邊逃過來的。」

我指著弁天堂的方向。少女驚訝地摀住嘴巴，又把手移到下巴上。

「那要賞夜櫻應該很難，如果被發現，就會被抓起來。」

是啊。

我發不出聲音。這場邂逅像車禍一樣來得突然，眼看著又要像颱風一樣倏地離去，讓我惋惜不已。不久前，她明明只是個連句話都沒說過、世上幾十億人之一的女性而已。

「難得遇到一個有趣的男生。」

少女仰望夜空，我也循著她的視線望去。缺了右半邊的月亮綻放的光芒慢慢地滲進眼底。

「欸，」少女開口：「你知道月亮上有個住了人的王國嗎？」

我不想破壞這種羅曼蒂克的氣氛，便順著她的話語接下去。

「知道啊，《竹取物語》嘛，細竹的輝夜姬。」

「對，就是那個。很厲害吧？都過了一千多年，王國依然存在。」

「依然存在？」

「嗯。月亮王國代代都是由女王掌權，現任女王是第一百二十二代。不瞞你說，我就是現任女王的女兒，換句話說，是月亮公主。」

月亮公主。

我把視線從月亮移開，看向少女，少女也同樣回望著我，臉上帶著給朋友看自己偷偷飼養的動物時那種淘氣的笑容。

「現在媽媽在月亮上，不過，從前她也曾像《竹取物語》敘述的那樣來到地球，認識了爸爸、生下我。所以，我是月亮王國的公主。我差不多也該回月亮主持政務了，在那之前，我想和媽媽一樣找個地球的男朋友，所以才嘗試搭訕。」

少女猶如默背自家住址般，一氣呵成地說完這番話，比我在課堂上被點名念課文時還要流暢。面對雙手扠腰、自信滿滿地挺起胸膛的少女，我拚命搜索言詞。

妳在說什麼？

腦袋有毛病嗎？

月亮上怎麼可能住人啊。

「……愚人節已經過了。」

少女的嘴角大大上揚，指著上野的反方向詢問：

「你知道那邊有間大學醫院嗎？」

我點了點頭。我知道，那是日本第一學府的附屬醫院。

「我現在就在那裡住院。月球人待在地球上的時候，必須靠著月亮供給的魔力活動，越接近回歸月亮的時間，魔力供給就會減少，身體狀況也會因為能量不足而惡化。這叫做『返月性症候群』，你知道嗎？」

剛才是點頭，這次我則是搖了搖頭。

「我想也是。」少女一臉滿意地喃喃說道。「只要跟醫療大樓的櫃台說『要找A棟的相馬望』，就能找到我了。」

少女背過身，甜甜地輕喃：

「記得來找我喔。」

少女離去了，翻飛的髮絲微微傳來消毒藥水的味道。我像是受到引導一般，抬頭仰望天空。散發著蒼白光芒的岩塊上，彷彿浮現少女天真無邪的笑容。

2

升上了國中三年級。

重新分班以後，我分到一班，圭吾是三班，孫和加藤則是四班。我雖然沒有其他交好的同學，卻有交惡的，所以又找了找，發現那傢伙是分到四班，不禁暗自鬆一口氣。哎，老師也不可能把我們分到同一班就是了。

第一天只有開學典禮和班會。開班會的時候，我一直沉溺於和入侵教室的恐怖分子戰鬥的妄想。在妄想之中，我用桌子當盾牌抵擋子彈，揮拳擊倒恐怖分子，並以奪來的槍射殺其他恐怖分子。正當我用理科室裡的藥品製造炸彈，並在頂樓制伏了恐怖分子的頭目時，班會正好結束。我沒加入忙著交新朋友的班上同學，而是立刻離開教室。

「七瀨。」

走在走廊上，我聽見有人叫我的名字。回過頭，只見擔任新班導的中年男性教師保坂瞇起了那雙瞇瞇眼瞪著我。

「什麼事？」

「你知道昨天三班的岡崎因為喝酒而被輔導的事嗎？」

岡崎是圭吾的姓氏。我搖了搖頭說：「不知道。」

「是嗎？你和岡崎是好朋友，我還以為你已經知道了。」

正確無誤。昨天晚上，圭吾就把事情的後續發展告訴我：只被訓了一頓，沒有懲罰。若是聯絡家長，來的會是流氓——這種家庭環境實在太強大了。

「我現在才知道。」

「警察跟三班的大野老師說，岡崎當時和其他朋友在一起，可是那些朋友逃走了。你知道是誰嗎？」

「不知道。」

我筆直回望瞪著我的保坂。這不是撒謊的眼神——大概只有白痴才會這麼想，我也沒期望保坂會這麼好騙，不過，至少可以讓他知道再追究下去也沒有用。接下來就看保坂打算怎麼處理。

「……好吧，我會這麼跟大野老師說。」

好耶！我微微地握住拳頭。保坂轉過身去，扔下一句：

「你已經是考生了，要慎選朋友。」

慎選朋友。

上一個班導也在類似的情境說過類似的話，在那之後，我便完全不信任那個班導。因為，我如果和連「壞」字都不會寫的好學生交朋友，會說這種話的老師鐵定也會要那個好學生「慎選朋友」。活了十四年，我已經知道自己不是什麼交友的優良候選人。

——媽的。

我豎起右手中指，打橫的左臂與打直的右臂交叉，對著遠去的背影比出fuck you手勢，向世界做出小小的反抗。

「對了，七瀨，你——」

此時，回過頭來的保坂究竟想說什麼，成了永遠的謎團，因為教師看到學生對著自己比中指時，必須進行教育指導。這是亙古不變的真理。媽的，fuck you。

「誰叫你要去上學？」

我先回家一趟，換上便服以後才出門找朋友。正當我在孫的房間裡大發牢騷時，新學期第一天就蹺課的圭吾立刻如此反擊，令我無言以對。躺在床上看漫畫的加藤點頭附和：「有道理。」坐在椅子上打桌上型電腦的孫也表示贊同：「說得極端一點，確實是這樣沒錯。」我忿忿不平地抓起桌上紙盤裡的炒豆子，喀哩喀哩地嚼起來。

「別說這個了，快把替死費交出來。」

「是、是，下次也拜託你。」

我從皮夾裡抽出千圓鈔遞給圭吾，圭吾說了聲「Thank you」，放進自己的皮夾裡。這下子就互不相欠。加藤闔上漫畫書，坐起身子。

「浩人，你的新班級怎麼樣？」

「還能怎麼樣？除了保坂以外，我還沒跟任何人說過話。加藤，你呢？」

「普普通通，就是今野不知道在跩什麼，很討厭。」

今野，他是我的天敵，同時是讓我們結交為友的恩人。我漫不經心地「哦」了一聲，又吃一口炒豆子。

「欸，孫，那傢伙真的有夠惹人厭的，對吧？」

「今野有不惹人厭的時候嗎？」

孫停下了打鍵盤的手，淡然回答。加藤伸長了脖子，窺探電腦螢幕。

「你在幹嘛？」

「製作病毒。我已經搞懂組合語言了，現在在挑戰多型。多型還有點難。」

宅力全開。加藤附和「這樣啊」，但他鐵定有聽沒有懂。接著，他放棄了自己起的話頭，立刻改變話題。

「對了，孫、浩人，你們昨天是怎麼逃走的？」

猶如身穿月光彩衣般熠熠生輝的少女身影，浮現於我的腦海。

「我從京成附近混進阿美橫，後來就直接回家。」

「哦。浩人呢？」

「我跑到不忍池那邊去了。」

「然後就直接回家？」

「嗯，回家前還被搭訕。」

「搭訕？」

加藤加強了語氣，孫打鍵盤的聲音則是停住了。

「到底是怎麼一回事？快說！」

我當然會說，那一夜發生的事情太重大，我無法自行消化。

「其實——」

我一五一十地說出來。有個少女在不忍池叫住我，自稱是月亮公主，正在住院，要我去找她，之後便消失無蹤。就連我自己都覺得簡直是鬼話連篇，但這是事實，無可奈何。現實中發生匪夷所思的事，如此而已。

話說完了，在一陣短暫的沉默之後，孫開口說道：

「那間醫院有精神科還是身心內科嗎？」

「有。」

我立刻回答。少女離開之後，我也萌生和孫同樣的疑問，調查過那間醫院。

「可是，她說話的樣子很正常，我覺得應該不是神經病。」

「是嗎？我倒覺得自稱是『月亮公主』已經夠不正常了。」

「這樣說也沒錯……」

「去找她不就好了？」

圭吾從旁插嘴。他把炒豆子放在垂直豎起的右拳上，左手拍打拳頭下方，讓豆子飛起來，用嘴去接，一面咀嚼一面說道：

「與其在這裡胡思亂想，不如去找她。反正她也叫你去找她。」

——圭吾說得沒錯。用不著他說，我也明白，我只是希望別人推我一把而已。真是的，實在太孬了。

「說得也是，那我現在就去找她。」

我站了起來，孫立刻叫道：「等等！」

「幹嘛？」

「我做到一個段落以後就儲存，你等我，很快就好了。」

加藤喃喃說道：「真拿你沒辦法。」圭吾也接著說：「只等三分鐘喔。」不知幾時間，他們兩個也都站起來。看這個情況，該不會——

「你們也要來？」

三人瞪大眼睛，幾乎是異口同聲地說道：

「當然。」

「當然啊。」

「當然囉。」

「如果立場對調，你還不是會跟來？」

讓我放棄勸阻的是加藤這句話。因為我百分之百會跟去，就算不讓我跟，我也會偷偷尾隨。我們總是在追尋能夠扭轉無聊日常生活的趣事，獨占被一個自稱是月亮公主的女孩搭訕的趣事，可是足以導致友情破裂的背叛行為。

從阿美橫穿過中央路、繞過不忍池，走上不忍路前頭的無緣坡，穿過前方的大學校門就是醫院。

我們四人一起走進醫院的醫療大樓，但只有我前往櫃台，找了個看起來比較好說話的年輕女職員說道：

「呃，不好意思。」

「有什麼事嗎？」

「我想找A棟的相馬望小姐，可以請妳叫她過來嗎？」

「相馬小姐的朋友？」

「對，她叫我透過櫃台找她。」

「貴姓大名？」

「七瀨浩人。」

其實她不知道我的名字，不過我沒說出來。職員拿起了櫃台內側的電話，開始說話。

「啊，相馬小姐，有一個男孩子說要找妳，叫做七瀨浩人，妳認識嗎？不知道，可是認識？什麼意思？總之，妳要過來吧？好，我會跟他說的。」

職員放下話筒，露出營業用的笑容，並用營業用的聲音告知：

「她馬上就會來了，請坐下來稍候一會兒。」

「好，謝謝。」

我在櫃台前的長椅坐下來，手足無措地整理夾克的衣領，同時感受到從不遠處投射來的圭吾等人的視線。我一面把玩昨天也穿著的仿冒名牌夾克，一面暗自尋思。

能夠一眼認出聖羅蘭的國中生應該不多，說我「原來你是有錢人啊」的那個少女，自己才是有錢人家的千金小姐。

有錢人家，王室。

——月亮王國。

「猜猜我是誰？」

光線消失。

眼皮感受到體溫，溫度從皮膚經由血管傳回心臟。為了避免自己發出明顯動搖的窩囊聲音，我小心翼翼地開口：

「……相馬望。」

「正確答案，恭喜～」

光線恢復了。一身卡其褲加T恤的隨意打扮的少女在我右邊坐下來。

「為了慶祝重逢，先交換聯絡方式吧。」

少女拿出裝在草莓豆腐色保護套裡的智慧型手機。我也拿出手機，在她的催促下交出個人資訊。

「你叫做浩人啊？我喜歡這個名字。」

「好像是抄以前流行的樂團主唱名字。要是那個人叫做岡薩雷斯，我搞不好也會變成岡薩雷斯。」

「幸好不是岡薩雷斯。是什麼樂團？」

「THE BLUE HEARTS。」

「沒聽過耶，改天來聽聽看。」

個資交換完畢。少女把手機收進口袋裡，撩起輕柔的長髮。

「你今天怎麼會來？」

「是妳叫我來的啊。」

「只有這個理由？浩人，任何人叫你去找他，你都會去嗎？」

她居然直接叫我的名字，真隨便。

「妳還不是一樣亂找人搭訕？只要是男的就行嗎？」

「怎麼可能？昨天我只跟你一個人搭訕。我還很擔心要是你一直不來找我的話該怎麼辦。」

少女抓住我的手臂。柔軟的觸感傳來，讓我反射性地挺直腰桿。

「欸，我們現在去約會好不好？」

「現在？」

「因為已經沒時間了，不知道月亮王國什麼時候會派人來接我回去。」

這個設定還要繼續下去啊？那就問個清楚吧，不然想破腦袋也想不出答案。

「欸——」

「望。」

頭頂上響起一道低沉的男聲。

抬起頭來一看，一個戴著細框眼鏡、身穿西裝、一臉難搞樣的瘦長男子正俯視我和少女。他是誰？我還來不及思考，少女便先一步說出答案。

「爸爸。」

我倒抽一口氣，她父親一臉詫異地看著我。

「學校的朋友？」

「唔，哎，差不多。」

少女用食指捲動頭髮，似乎有點動搖。

「爸爸有什麼事嗎？還是只是順路來看看？」

「兩者都有。我要跟妳談談『月之旅人』的事。」

少女的感情消失了。

活像有生以來頭一次看到大海的狗一樣閃耀著興奮之色的雙眸，化成沒有喜怒哀樂的監視器鏡頭。由於變化太過劇烈，令我有點畏怯。不過，她父親絲毫不為所動，依然一派淡然地繼續說道：

「下次聚會，他們希望妳當『巫女』，所以——」

「爸爸。」

少女打斷父親的話語，猛然站起來。

「回病房吧，我有點累了。」

少女瞥了我一眼。宛若在求救，又像是拒絕我靠近的矛盾視線刺入我的心。

「……之後再聯絡。」

少女轉身離去，父親瞥了呆若木雞的我一眼，也隨後跟上。突然降臨的寂靜讓我困惑不已，不知所措地環顧周圍。

光線消失了。

「猜猜我是誰？」

到了國三都還沒變聲的高亢聲音。

我說出加藤的名字，加藤把手放開，氣沖沖地說：「不是說好不叫名字的嗎？」

離開醫院以後，我們來到不忍池，四個人並肩坐在長椅上，召開名為作戰會議，實則是針對我的調侃大會。

說歸說，圭吾幾乎沒說話，孫則是一直滑手機，不太搭理我，只有加藤全力進攻，「好奸詐」、「小氣鬼」、「好可愛」的無限循環。我反駁：「可是那是『月亮公主』耶。」他便牛頭不對馬嘴地回答：「可以少奮鬥二十年啊。」因為說什麼都沒用，我索性閉上嘴巴，把加藤的話當成耳邊風。

「那你接下來打算怎麼辦？要跟她交往嗎？」

「看情況。」

「那就是要交往了，畢竟她對你有意思。啊，要是我也逃到不忍池就好了，這樣的話，說不定被搭訕的是我。」

「才不會。」

圭吾喃喃說道，加藤立刻閉上嘴巴。一扯到女人，我們向來無法反抗圭吾，因為早在我們相識之前，圭吾就已經破處了。被蛇瞪視的青蛙，非處男面前的處男。這是自然之理。

「孫，你也說說他嘛。」

加藤對坐在長椅邊緣的孫說道。孫停止滑手機，與我四目相交。

「我覺得浩人最好別和那個女孩來往。」

聽了這番出人意表的話語，我不禁發出滑稽的聲音：「咦？」孫離開長椅，在我面前蹲下，並對我出示自己的智慧型手機。

「你看。」

我看著手機，上頭顯示的是資訊量豐富卻毫無質感的網頁，最上方的文字我曾經看過——不對，是聽過。

宗教法人「月之旅人」。

「我沒聽過這個名詞所以查了一下，好像是信仰月亮的新興宗教。」

神、光、夢、善、德、愛、惠、聖——充滿正能量的文字在手機畫面上狂舞。真希望能和你們在其他地方相識，比如引言之類的，這樣的話，或許我們能夠成為好朋友。

「原來如此，所以才說是『月亮公主』啊。」

加藤的眼神從羨慕轉為憐憫。被調侃固然不爽，但這種眼神同樣讓我不爽。就在我握起拳頭打算扁他一頓的時候，孫制止了我。

「我不是因為她是信徒，才勸你別和她來往。」

孫朝著手機伸出手指，點了幾個連結，叫出教團發布的過期會報。那是訪談形式的報導，接受訪談的是那個自稱「月亮公主」的少女。

上頭記載了一切。

少女的過去，少女的人生，少女住院的理由。

以及「回歸月亮」這句神祕話語的意義。

「懂了吧？」

孫收起手機，用清澈響亮的聲音說道：

「那個女孩活不久了。」

一陣風吹過。

樹葉摩擦的沙沙聲響起，帶著池塘冷氣的春風輕撫臉頰。活不久了。那個女孩看起來明明健健康康的，只活了和我差不多的歲數——

牛仔褲口袋開始微微地震動。

我從口袋裡拿出手機，只見ＬＩＮＥ收到新訊息，是來自現在最不想面對，卻不能不面對的人。

『約會時間選在下個星期六如何？』

我必須做出決定。

要一肩扛起？

——還是逃之夭夭？

3

那一天，我早上六點就起床。

約定時間是中午過後。我離開家門，在清晨的上野公園裡散步殺時間。櫻花已經凋謝得差不多，但是依然有許多鋪塑膠墊占位子準備賞花的人。我和一個像是受僱占位子、蓬頭垢面的老遊民對上視線，便露出「辛苦了」的笑容，老人也回以笑容，外露的門牙看起來猶如殘缺不全的粗目梳子。

散完步後，我回到家裡，待在自己的房間。待約定時間接近，我便換上之前賞花時那套衣服，離開了房間。在我吃完充當午餐的甜麵包，進入備戰狀態，準備出發時，剛起床的媽媽一面打呵欠一面走出房間。

「早，你要出門？」

「嗯，有點事。」

「約會？」

「是啊。」

我看得出來，媽媽的睡意頓時全消了。我把甜麵包的袋子丟進垃圾桶，頭也不回地奔向玄關。

「浩浩！說清楚一點——」

「我出門了！」

我衝出家門。耀眼的春光從萬里無雲的藍天灑落，正是適合約會的好天氣。

我抵達醫院的大廳時，身穿花洋裝、提著一個小巧手提包的少女已經在等我。

我用手機確認時間。沒搞錯，距離約定時間還有十分鐘。少女笑著調侃我：

「好慢喔。」

「是妳太早來了。」

「你比我晚到啊。」

被她這麼一說，我無言以對。見我沉默下來，少女一臉滿意地笑了。

「走吧。」

少女的右手握住我的左手。又小又柔軟。我的心跳微微地加速了。

「今天你要帶我去哪裡？」

「妳有什麼想去的地方嗎？」

「我想搭不忍池的小船，還想去書店買日記本，現在的快寫完了。我還有另一個想去的地方，不過先不告訴你。」

沒想到她的要求這麼多，怎麼不事先告訴我？昨天我花了一整天計畫的約會行程全泡湯了。

「那就先去搭船吧，反正很近。」

我牽著少女的手離開醫院，走下無緣坡，來到不忍池。少女的步伐非常緩慢，給我一種誤闖時間流速不同的世界的感覺。

來到乘船場，我們租了艘七百圓六十分鐘的手划小船，分別坐上小船兩端。我搖動船槳離開池畔，划向池中央。

不忍池以供奉弁財天的弁天島為中心，分為三個區域：位於上野動物園裡的鵜池，蓮葉覆蓋的蓮池，和我們所在的船池。白天的船池有許多情侶和家庭，在現在這種賞花季節格外受到喜愛，只是有個不吉利的傳說。

看似大學生的男女乘坐的小船經過我們身邊，少女凝視著遠去的小船開口說：

「欸，你聽過情侶搭這裡的小船就會分手的傳說嗎？」

原來她知道？我一面划槳一面回答：

「聽過，據說是因為弁財天嫉妒。」

「我覺得這麼說是冤枉祂了，是情侶自己腦筋有問題，還沒穩定交往就跑來這種地方約會。這個城鎮根本沒有剛開始交往的情侶會喜歡的那些光鮮亮麗的東西。」

「……那麼下了船以後，要離開上野嗎？」

「不用了，我不太喜歡光鮮亮麗的東西。」

少女把頭朝向我，仰躺下來。

「老實說，就是因為有這種傳說，我才想來這裡搭船。」

「什麼意思？」

「我想挑戰神明，證明傳說是假的。」

少女依然躺著，只轉動眼球看著我。這算是變種的抬眼撒嬌吧。

「浩人，你也躺下來吧，很舒服喔。」

少女張開了手，拍了拍船底。我放開船槳，依言和少女頭靠著頭，在小船上躺下來。

「浩人。」少女說：「之前在醫院裡的那些男生是你的朋友嗎？」

我連忙坐起身子。少女嗤嗤笑道：

「我知道。那個金髮的高個子男生很顯眼。」

「對不起，他們堅持要跟來。」

「我們第一次見面的時候你喝了酒，就是和那些朋友一起喝的？」

「對。」

「這就是俗稱的損友啊。」

「沒錯。」

「你們還做過什麼壞事？」

「撬開門鎖、溜到學校頂樓之類的。」

「好厲害。學校的頂樓總是令人嚮往。」

少女朝著天空伸出手臂，張開小巧的手掌，彷彿想抓住太陽。

「我好羨慕你有這些好朋友。我從前也好想要。」

從前也好想要——過去式。她明明是個和我一樣只有十四歲的女孩。

「……沒什麼好羨慕的。」

我伸手拿起船槳，用力振臂划船，像是要掃去心頭的鬱悶。不知從哪飄來了一片櫻花花瓣，翩然舞落至仰躺的少女頭髮上。

下船以後，我們在周圍散步了一會兒，接著又前往中央路上的書店。

那是一家除了書以外也有販賣DVD和遊戲的綜合書店，店裡甚至還有咖啡廳。我沒有來過，但少女似乎常常光顧。她說她喜歡在咖啡廳裡邊喝焦糖拿鐵邊看小說。她明明說過自己不太喜歡光鮮亮麗的東西，興趣倒是很時尚。

一進書店，我們便立刻前往日記本販賣區。少女背著手，身體搖來晃去，喃喃說著：

「要買哪一本呢？」心情似乎很好。

「妳想買哪一種的？」

「真的要寫的時候會寫一堆，所以要空白多的。還有，每天寫的量都不一樣，所以我不要開頭標了日期的那種。」

「那用普通的筆記本不是最好嗎？」

「是啊，可是感覺很重要。」

「妳是總之先從表面著手的類型嗎？」

「不然怎麼會在咖啡廳邊喝下午茶邊看小說？」

——原來如此。少女無視恍然大悟的我，拿起一本風格成熟的褐色封面日記本。

「就買這本好了，價格也不貴。」

「多少錢？」

「一千出頭。」

「我買給妳吧。」

說來連我自己都嚇一跳，這句話居然就這麼脫口而出。少女驚訝地睜大雙眼，我抓了抓臉頰說道：

「好歹是約會，就當成是我送妳的禮物。」

她會不會取笑我？我如此暗想，望著少女的雙眼，只見少女把日記本抱在胸口，一臉羞怯地垂下雙眼。

「謝謝，我好開心。」

——咦？

還挺可愛的嘛。看見這種坦率的反應，我也萌生坦率的情感。不過，不坦率的我並未坦率承認，而是從少女的手中拿走日記本，冷淡地說道：

「那我去結帳。」

我在收銀台付了錢。

看著少女將我遞給她的日記本收進手提包，全身倏地充滿一種不可思議的充實感。她帶著我買給她的東西，這種感覺就像是參與了她的人生。

「接下來呢？妳有想去的地方吧？」

「對，就去那裡吧，那裡應該就是今天的最後一站。」

「去哪裡？」

「我帶路，跟我來。」

少女拉著我的手邁開腳步，離開書店走進上野公園，穿過噴水池廣場。往前直走是國立博物館，我原本以為那兒就是目的地，可是少女往右轉。

接著，她又向左轉，走進一條小路。前頭只有寬永寺，而她同樣過門不入。我忍不住再次詢問：

「欸，要去哪裡？」

「鶯谷。」

鶯谷。

位於御徒町反方向的上野鄰站。明治時代，大文豪正岡子規就住在那裡，現在仍然留有相關建築物。不過，知道這些事的人不多，大多數人聽到鶯谷，最先聯想到的都不是正岡子規。

「……妳想去鶯谷的哪裡？」

少女並未停步，而是毫不遲疑地說出絕大多數人聽到鶯谷會聯想到的事。

「賓館。」

休息兩小時三千五百圓。

少女搶著付錢。「你剛才已經買日記本給我了。」聽她這麼一說，我開始覺得自己送禮是錯誤的決定。我也無法制止她上賓館。她那麼想去，我怎麼能打退堂鼓說「我覺得我們要上賓館還太早」呢？

一進房間，少女便立刻脫掉鞋子，撲向大床。我環顧房間，在電視櫃上發現了保險套，暫且安了心。

「好柔軟喔～」

少女翻過身來，坐在床緣，我也在她的身旁坐下來。她用頭倚著我的肩膀，像是把外套掛上衣架一樣。

「浩人，你來過賓館嗎？」

我來過。五歲的時候，我被拖來參加媽媽和妓女同事在賓館舉辦的女子派對。當時狂吃零食、狂喝果汁，看動畫片，用保險套做水球，玩得很開心。大家都很疼愛年幼的我，有個瘋狂迷戀牛郎的妓女和我一起洗澡時甚至對我說：「要是你再大個十歲，我就會好好服務你。」並彈了我的雞雞一下——我說不出口。

「沒有。」

「這樣啊。那你也沒有摸過女生的胸部囉？」

我摸過。印象最深的是七歲的時候，和媽媽及她的妓女同事一起參加溫泉旅行時玩「猜猜是誰的奶」遊戲。我蒙上眼睛摸胸部，並猜測胸部的主人是誰，可說是酒醉的大人胡鬧的極致，雖然簡單卻意義不明的遊戲。我猜對的比率很高，某個兼作ＡＶ女優的妓女還替我掛了不知所謂的保證：「浩人以後一定可以成為了不起的摸奶高手。」——我說不出口。

「沒有。」

「你想摸嗎？」

要說想不想摸，當然是想摸。可是，事情沒這麼簡單。我身旁不是普通的女孩，而是放棄未來，在現在賭上一切，猶如只裝了單程燃料的戰鬥機一般的女孩。

「欸，」我揀選言詞。「我覺得妳不用那麼急。」

少女的頭離開我的肩膀。

「就算要發展親密關係，也應該等到更加了解彼此以後。我知道妳想體驗各種事物，但有些體驗是不愉快的。正因為沒有時間，妳應該不想後悔吧？」

我側眼看著少女。少女凝視著我的側臉，過一會兒便朝著床鋪仰躺下來，迷迷糊糊地望著天花板，緩緩開口說道：

「我聽了THE BLUE HEARTS的歌。」

「THE BLUE HEARTS？」

「對。雖然沒聽幾首，可是很好聽。目前我最喜歡的是〈一千把小提琴〉。你最喜歡哪一首？」

「我沒聽過。」

「咦？不會吧，為什麼？那不是你名字的由來嗎？」

「起先喜歡THE BLUE HEARTS的是我爸，可是他在我懂事前就失蹤了，而且是基於自私自利的理由。我覺得很不爽，所以就沒聽了。」

「……原來是這樣啊，對不起。」

沒關係，和妳的負擔比起來，我的過去沒什麼大不了的。天底下多的是被父母拋棄的故事。

「不過，如果你願意，可以聽聽看。強而有力又溫柔，可是帶有一股悲傷……給人的印象就和你一樣。今天約會以後，我更是這麼覺得。雖然這麼說有點裝懂的感覺，可是我覺得替你取這個名字是有道理的。」

少女笑了。我不知道她對我的了解是否正確，不過可以肯定的是，她正試著了解我。

因此，我也不能繼續逃避下去。

「月之旅人。」

少女臉上的笑容倏地消失。

像是關掉電燈一樣，毫無預警地消失。在醫院裡聽到父親提起這個字眼的時候，她也是這種反應。

「我上網搜尋，找到了網站。那真的超誇張，根本可疑到極點，幹嘛不弄得正常一點？哎，不過這樣老實人才不會被騙，也好。」

她也不喜歡那個宗教——我抱著這般希望說道，但少女面無表情，我不知道我的推測是否正確。

「然後，會報刊登的訪談我也看過了。」

我更進一步說道。少女的眉毛動了。

「所以我知道妳是什麼樣的人。雖然很驚訝，卻有種恍然大悟的感覺。原來是這樣啊。妳說的『回歸月亮』是指——」

「那是假的。」

少女打斷我。

雖然她沉默不到一分鐘，感覺卻活像是隔了一個小時才再次聽到她的聲音。我知道理由，因為她的聲音和先前截然不同，我是第一次聽見這種聲音。

「全都是假的，胡說八道。那樣對他們比較方便，所以才那麼說。我生的病是『返月性症候群』，我不是說過嗎？」

少女問道，我無言以對。少女又連珠砲似地繼續說下去，彷彿想填滿沉默。

「既然你看過網站，應該知道那些人的賣點是靠著月亮的力量引發奇蹟。爸爸被他們騙了，想靠奇蹟把月亮使者趕回去。可是，用月亮的力量把月亮使者趕回去，怎麼想都很矛盾吧？我知道他是不想讓我回月亮，可是也該冷靜一點。」

回月亮，從地球上消失——再也不能見面。

「再說，那些人根本是什麼也不懂的冒牌貨。在滿月的夜裡聚會是致命性的錯誤。他們會先圍成一圈，被選為『巫女』的人在中央冥想，等到力量累積夠了以後，『巫女』就會摸參加者的頭，把力量分給他們。可是，月亮的魔力其實是不會透過人體傳送的，所以大家雖然都很認真，我卻很想笑。下次換我當『巫女』，該怎麼辦？我怕我會笑場。」

少女躺下來，背過身子。她的背部比我小上許多。

「我才不相信那一套。我相信媽媽，相信說她是月亮女王，回到月亮以後也會一直在天上保佑我的媽媽。」

少女娓娓道來，像是在說給自己聽。接著，她用不成聲的聲音對我投以近似懇求的話語。

「我只是要回月亮，只是去找媽媽。」

別提及，別追究——別說破。

「只是這樣而已。」

我無言以對，坐在床緣垂著頭，靜待時光流逝。不久，少女規律的鼻息聲傳來，我關掉房間的電燈，獨自窩在床邊的沙發上沉入夢鄉。

離開賓館以後，我們直接回到醫院。進賓館前還那麼開朗的少女，回程時幾乎一句話也沒說。要是有人目睹前後的過程，大概會誤以為我的做愛技巧爛到極點。別逞強了，國中小鬼頭——就像這樣。

在我們即將穿過大學校門時，少女對我說：「送到這裡就好。」在夕陽餘暉中，少女露出僵硬的笑容，宣告約會結束。

「今天很感謝你，我玩得很開心，下次再約會吧。」

她在說謊，八成不會再聯絡我了；即使我主動聯絡，她也不會回覆。因為在我的面前，她無法繼續扮演月亮公主。

所以，這是最後的機會。

「欸，」別遲疑。「下次『月之旅人』是什麼時候聚會？」

少女眨了眨眼，有些困惑地回答我的問題。

「下下個星期五。」

「在哪裡聚會？」

「秋葉原的出租會議室，教團的網頁上有寫。」

「這樣啊。謝謝，下次見囉。」

我揮了揮手，轉過身去，頭也不回地往前走。她一定很困惑吧？我也一樣。你到底在想什麼？我不斷如此自問。

越過上野、進入御徒町以後，我走向自己就讀的國中。正確地說，是國中隔壁的公園。那裡有棵「啥物樹」，據說是因為沒人知道那是什麼樹，一直以「不知道是什麼樹」稱呼，久而久之就變成這個名字，說起來簡直像個笑話。少女在賓館裡睡著以後，我把大家叫到這棵樹下集合。

一踏入昏暗的公園，「啥物樹」前的三人便一齊轉向我。頭一個對走上前的我說話的是加藤。

「我還以為你和她打得正火熱，不會來了。」

我想回嘴，卻不知道該說什麼，落得像隻討飼料的鯉魚。

「有什麼事？」圭吾的口氣和平時一樣粗魯，卻沒有拒人於千里之外的感覺。「如果只是想炫耀你的女朋友，小心我宰了你。」

我大大地吸一口氣。在說出這件事之前，我需要做個深呼吸，就像跳遠前的助跑和演奏前的調音一樣。

「我有事要拜託你們。」

自己的聲音在後腦杓迴盪。

「這是個亂七八糟的請求，我還沒理出頭緒，不知道自己到底想做什麼，對你們也沒有半點好處。非但沒有好處，或許還會給你們造成很大的麻煩，所以你們可以拒絕沒關係。先聽我把話——」

「好啊。」

清晰的聲音打斷我。

孫的答覆和日本刀一樣銳利，我被一刀兩斷，連垂死的哀號都來不及發出。孫無視啞然無語的我，繼續說道：

「我答應你的請求。圭吾和加藤也一樣吧？」

「只要不是借錢就行。」

「浩人怎麼可能找我們借錢？」

我——

我思考著如何傳達自己的想法、如何讓大家了解，打造了一艘言語之船來到這裡，誰知這艘船卻在出港不久便全毀了。以漫畫來說，像是右下角還有一個小空格不知道要畫什麼，乾脆就把船弄壞。

「你們不好奇我想拜託什麼嗎？」

我捨不得丟掉化為木片的船，如此問道。三人面面相覷，互相示意：「你回答啦。」

不久，孫代表大家開口。

「倒也不是不好奇。」

孫有點靦腆又有點難為情地瞇起眼鏡底下的眼睛。

「只不過，聽都沒聽就一口答應比較帥吧？」

——我想起來了。

沒錯，我想起來了，這些傢伙就是這樣的人，所以我們才會相識、結為好友。我居然忘記這麼理所當然的事。

國中二年級的四月。

當時，我無法融入新班級。不過，一年級的時候我同樣無法融入新班級，小學的時候也一樣，換句話說，我從來沒有融入過學校這個環境，所以並不在意。只不過，那時有個女孩很在意我不在意的事。那是個留著栗子色蓬鬆短鮑伯頭的女孩，她時常找孤立的我說話；班上的小團體約好放學後去唱ＫＴＶ或假日去看電影時，她也會邀我，只是我不喜歡參加這類活動，總是婉拒。

班上有個男生看這一點很不順眼。

那傢伙——今野在小學三、四年級時與我同班，不知為何對我恨之入骨，時常操著十歲小孩常見的大舌頭口音，用對於十歲小孩而言過於艱深的字眼「婊子的兒子」（應該是從爸媽那裡聽來的）辱罵我。想當然耳，我也很痛恨這樣的今野，總是希望他有一天會被從上野動物園逃出來的獅子吃掉。

事情是發生在四月下旬。

那一天放學後，我又拒絕了那個女孩的邀約。當時好像是說黃金週期間大家要一起去遊樂園玩，還是水族館？哎，這一點不重要。問題是今野在旁聽見了，無法原諒「跩得要命」的我，插嘴說道：

「欸，妳最好別理這傢伙。」

今野露出下流的笑容，用拇指指著我說：

「他媽是妓女。」

教室裡一陣譁然，但我不為所動。小學的時候，這件事大家都知道，所以國中裡知道的人也不少。

不過，聽了這番話的女孩露出不悅之色，一反平時地厲聲譴責今野，這倒是讓我有些驚訝。

「那又怎樣？七瀨同學是七瀨同學，他媽媽是他媽媽。你腦袋有問題嗎？」

女孩撇過臉，離開我和今野。受到意料之外的反擊，今野愣在原地，隨即滿臉通紅地瞪著我。我抓起書包走向教室門口，只想快點離開現場。

「你跩什麼跩啊！七瀨！」

今野大叫。要是從前，我或許就和他吵起來了，但我已經不是十歲小孩，我長大了。為了展現我的從容不迫，我挺起胸膛，打算悠然離去。

不過，長大的不只有我一個人。

「我表哥嫖過你媽！」

我停下腳步。

就算有人侮辱「妓女」，我也不會生氣，因為我認識的妓女沒人以自己的行業為榮。說我再大個十歲就要替我服務的那個瘋狂迷戀牛郎的女人，後來上吊自殺；說我將來會成為了不起的摸奶高手的AV女優，則是因為染上毒癮而去坐牢。我很喜歡替我慶祝生日、在我得到流感時照顧我的她們，可是，她們好像不太喜歡自己，每個人都對我說：「浩人，你長大以後交女朋友，可別挑我們這種的。」既然當事人都這樣了，有人批評妓女或是身為妓女兒子的我，我都可以忍受。我媽賣淫，而我是靠她賣淫賺來的錢長大的孩子，不過是陳述一項事實。

小學的時候，今野只會侮辱「妓女」。當時他大概連妓女是什麼意思都不曉得，只是拷貝大人嘴上的侮蔑，這樣的惡意甚至可以用「可愛」兩字形容。所以，今野——不知道。

不知道要是有人侮辱我媽，我就會抓狂。

「他說你媽的屄鬆鬆垮垮的，幹起來一點都不爽。」

接下來發生的事，我記不清楚了。

當我回過神來時，已經被班上同學從背後架住，滿臉是血的今野躺在地板上，一把鼻涕一把眼淚地向我道歉：「會不擠。」一直很關心我的女孩，則發抖著用「不該跟這種人來往」的眼神看我。我的心靈成長和今野的惡意成長相比，根本微不足道。

今野被送到醫院，我則是被帶往職員室。班導訓了我一頓，在我乖乖地再三道歉之後才放過我。「你們兩個之後自己好好談談。」他又交代：「記得跟你媽媽報告這件事。」我心裡雖然暗想「你自己報告啦！嫌什麼麻煩，這是你的工作耶」，但是並未說出口，只是低下頭回答：「知道了。」

沒有人幫我把書包送到職員室來，所以在回家之前，我必須先回教室一趟。時值傍晚，外頭染成淡橘色，校舍裡幾乎已經沒有人。我想像著空無一人的教室，打開門。

當時，我的座位剛好在教室正中央。

孤零零地擺在昏暗教室中央的書包，看起來活像是召喚魔王時獻上的媒介。我並不是光看到書包就這麼想，是因為班上三個男生圍著書包呈正三角形而坐，看起來活像是擺陣召喚某種東西的黑魔法儀式。

金髮男生和娃娃臉男生在滑手機，戴著眼鏡的男生則是在讀書。他們三個都是從來沒有和我說過話的同班同學，我只知道金髮的是不良少年，四眼田雞是中國人，娃娃臉的名字很好笑。他們應該沒有留下來等我的理由。

四眼田雞闔起書本，金髮和娃娃臉抬起頭來。然後，四眼田雞對一臉困惑的我柔聲說道：

「你回來啦。」

接著，我們去了四眼田雞的中華料理店。四眼田雞的爸媽看到兒子帶朋友回家，很開心地請我們吃水餃。水餃很好吃，真的好吃到讓我想哭的地步，後來自然而然地達成「下次再來」的共識，實際上我們也真的再來了。如此這般，不知不覺間，我、圭吾、孫和加藤成為共度許多時光的朋友。

過一陣子以後，我詢問大家當時留在教室的理由。

面對我的問題，三人開始煩惱。他們看起來不像是因為不知道答案而煩惱，比較像是雖然知道可是不曉得該不該說出來。在我鍥而不捨地追問之下，三人終於難為情地說出一個答案。

——因為覺得留下來比較帥。

「……謝謝。」

我深深低下頭，受禮的三人都露出苦澀的表情。我懂，這種情況讓人不知所措，一點也不帥。我是故意這麼做的，活該。

我仰望天空。傍晚的天空裡浮現的月亮右端微微發光，形狀宛若爪子。我朝著月亮高高地舉起拳頭。沒問題，一定辦得到，因為我們都是喜歡耍帥的十四歲國中生，換句話說，就是天下無敵。

4

作戰實行日當天，放學回家以後，我一直心浮氣躁。

我好想一路狂奔、鬼吼鬼叫，不過要是我這麼做，消耗了體力，或許會影響到作戰。我已經做好所有能做的準備，接下來端看今天的運氣和表現，可不能因為這種蠢事而栽跟斗。

我思索讓自己冷靜下來的方法，得到一個答案：THE BLUE HEARTS。聆聽她喜歡的歌曲，提升士氣赴戰。簡直是帥到最高點啊。

我把放在客廳裡的那台和媽媽共用的筆記型電腦拿到自己的房間裡。媽媽早就把所有THE BLUE HEARTS的歌曲都存在電腦裡。我打開音樂播放器，毫不遲疑地選擇〈一千把小提琴〉。

叩叩。

「我要進來囉。」

我還沒回答，門就開了，媽媽走進房裡。她穿著迪奧的洋裝（仿冒品），戴著蒂芬妮的耳環（仿冒品）和寶格麗的項鍊（仿冒品），進入出勤模式。可不可以告訴我剛才的敲門有什麼意義？要是我正在打手槍怎麼辦？真的。

「什麼事？」

「沒事，我本來要去上班，卻聽見熟悉的歌曲。」

媽媽往我的床鋪坐下，和著音樂哼起歌來，並幽幽地說道：

「你爸爸也喜歡這首歌。」

這句話可不能聽過就算了。媽媽對著大吃一驚的我露出溫和的微笑，表情彷彿在說：

「你也已經十四歲，想問什麼儘管問吧。」

「……我爸爸是個什麼樣的人？」

「人渣。」

感傷的氣氛被破壞殆盡，媽媽歪起淡紅色嘴唇笑道：

「把高中女生的肚子搞大以後一走了之的男人，當然是人渣啊。」

「這樣我不就帶有人渣的基因？」

「放心吧，你是像到媽媽。」

這樣也不太好——這句話我沒有說出口。

「不過，雖然他是個無可救藥的人渣，媽媽還是很感謝他。因為沒有他，就沒有浩浩。我無法想像那樣的人生。」

媽媽心有戚戚焉地說道，身旁的我無言以對，只能保持沉默。我知道媽媽打從心底愛我，對於這一點，我感到很開心。雖然開心，有時候卻很痛苦、很難過，不知道該如何是好。

幾年前，媽媽曾有過再婚的機會。

對方是在御徒町從事珠寶業的五十幾歲男人，一時興起去逛風化區，認識了媽媽，對她迷戀不已，送昂貴的禮物、帶她去吃大餐，用盡各種方法追求她。我也曾經跟著媽媽一起去新宿的高檔燒肉店吃飯。雖然我很喜歡吃燒肉，可是那個人看我的眼神有點恐怖，害我食不知味。吃完燒肉以後，媽媽問我：「如果那個人當你的爸爸，你覺得怎麼樣？」我回答：「好啊。」

某一天，那個男人在店裡向媽媽求婚。別再做這種工作了，成為只屬於我一個人的女人吧，我會讓妳過著衣食無憂的生活——他似乎是這麼說的。媽媽應該很高興，也打算接受求婚，直到男人說出下一句話為止。

「不過，妳要把兒子送去育幼院，這是條件。可以嗎？」

聽說後來媽媽整個抓狂了，而且抓狂得很厲害。下班回家以後，她用凶神惡煞的表情一面咒罵：「那隻豬！去死！去死！」一面把對方送的禮物塞進垃圾袋裡。這樣的媽媽連我都怕得要死，不難想像見證她抓狂瞬間的人有何感想。媽媽的妓女同事告訴我這件事時，說媽媽「簡直就像殺人魔」，還做出抱住肩膀發抖的動作。

她應該是想告訴我，媽媽有多麼愛我，我必須報答媽媽的愛，成為一個正正當當的人吧。這麼說並沒有錯，不過，我有另一種感受。

換句話說，媽媽只要拋棄我，就不必繼續賣淫，不管是LV、芬迪、香奈兒、迪奧、蒂芬妮還是寶格麗，全都可以買真品，要多少就有多少，可以過著幸福快樂、光輝璀璨的生活。

要是沒有我的話。

只要沒有我的話。

「那媽媽去工作囉。」

聽完一曲，媽媽走出我的房間。歌曲已經被我設定為自動重播，因此同一首曲子立刻又開始播放。我借助另一個浩人的歌聲之力，從喉嚨深處擠出聲音。

「媽！」

媽媽回過頭來。叫住她以後，我想說什麼？啊，對了，我想起來了。

「路上小心。」

我笑了，媽媽也回以笑容。所有乾淨的事物和骯髒的事物混合在一起，化為獨一無二的笑容。

「謝謝，我走了。」

晚上九點，我穿上冬季夾克離開家門。

我跨上停在公寓後方的腳踏車，沿著中央路南下。迎面吹來的晚風涼颼颼的，不知道回程會不會很冷？我有點不安。

不久後抵達了出租會議室所在的大樓，我把腳踏車停在旁邊。一走進大樓，在大廳等候的圭吾立刻埋怨：「你好慢。」我回嘴：「是你太早來了。」並確認顯示會議室使用狀況的板子。二樓B會議室，「月之旅人」貴賓。

「東西帶來了嗎？」

圭吾用右手拇指和食指比出手槍形狀，我拍了拍夾克的右口袋說道：「當然。」見狀，圭吾露出滿意的笑容。從他那充滿期待的表情，感覺得出他和我們不同，經歷過不少風浪。

走上樓梯、來到二樓B會議室，我們在奶油色的門前豎耳傾聽，卻聽不見任何聲音。是在冥想中嗎？那正好。

「上吧。」

圭吾朝著門把伸出手來，但我對他喊停：「等一下。」他就像被罰不准吃飯的狗一樣，嘟起嘴巴。

「幹嘛？」

「我有借錢給你過嗎？」

「……啊？」

「不，今天來之前，我一直在聽某一首歌，它有一句歌詞是『好像有借錢給誰，算了不重要』，我覺得跟我現在的心境很吻合。」

「那又怎樣？你瘋了嗎？」

「如果沒瘋，就不會做這種事。」

「說得也是——我開囉！」

門開了。

桌椅被挪到邊緣的會議室裡，許多人圍成圓圈在打坐。圓圈正中央是個穿著純白色洋裝的少女。就在視線集中到我們兩個闖入者身上時，我露出了冷笑，在心中對她投以矯揉造作的話語。

——我來迎接您了，公主。

「你們——」

砰！

前方的男人開口說話的瞬間，我從夾克口袋裡拿出火藥槍，扣下扳機。那是種迷你玩具手槍，裡頭裝了火藥彈，可以發出槍聲。趁著眾人都因為這道尖銳的聲音而愣在原地時，我一個箭步奔向少女，伸出右手叫道：

「走吧！」

少女眼睛一亮，抓住我的手，露出嬰兒般的笑容。

「嗯！」

我拉著站起來的少女，衝出圓圈。剛才想說話的男人伸出手來，試圖抓住少女，圭吾立刻扣下自己的火藥槍扳機嚇唬男人，並一腳踹倒他。

一個眼熟的男人穿過圭吾身旁衝出來。

——糟糕。

我們離開會議室，跑向樓梯，可是兩個人一起奔跑，速度實在快不起來，不久後，表情駭人的男人抓住少女的手臂，用力拉住她。

「望！」

男人——少女的父親叫道。失去妻子，又即將失去女兒，只能求神拜佛的可憐男人。就像媽媽疼愛我一樣，這個人想必也很疼愛女兒，把她當成心肝寶貝看待。

因此，我必須要說。

「請把令嬡交給我。」

砰！

「別說蠢話了，快走！」

爆炸聲響起後，圭吾把少女從父親手中拉開，我這才回過神來。我在幹嘛啊？少女雙手合十，對著被圭吾架住、不斷掙扎的父親比出道歉手勢。

「對不起，爸爸！」她用開朗又爽快的聲音宣布：「今天我要在男朋友家過夜！」

「望！」父親用悲痛的聲音叫道。我拉著少女的手跑下樓梯、衝到外頭，脫下身上的夾克替少女披上之後，便跨上腳踏車，而少女在我催促之前就跳上後座。

「抓好喔！」

我踩起踏板，腳踏車像子彈衝過中央路。夜更深了，但是離城市入眠的時間還早。每當步道上的行人對我們投以好奇的眼光，我就有種難為情與自豪並存的奇妙感覺。

少女把柔軟的脂肪塊壓在我的背上，在我的耳邊輕聲問道：

「要去哪裡？」

大卡車駛近，我拉開嗓門，以免聲音被卡車的排氣聲壓過。

「學校！」

☽

踩了五分鐘左右的腳踏車，我們抵達我就讀的國中正門口。

我把腳踏車停在關閉的欄杆狀鐵門前，抓住欄杆往旁邊推，鐵門輕易地打開了。這對於學校而言是異常事態，對於我而言卻在計畫之中。

「走吧。」

「要進去？」

「嗯。」

我打開一道足以讓人通過的縫隙，和少女一起鑽過門。我們沒走正門的樓梯，而是繞了校舍一圈，前往其他出入口。

我們踮著腳尖摸黑前進，不久後，來到教職員用的便門前。門上了電子鎖，沒有鑰匙無法從外側開啟，不過從內側就另當別論。

我用手背敲了敲門，門隨即開啟，孫和加藤從學校裡現身了。孫瞥了躲在我身後的少女一眼，一臉滿意地笑了。

「成功搶到人了？」

「是啊。你們呢？」

「完成了，鎖全都開了。」

「謝謝。之後就照計畫進行吧。」

我和少女踏入校舍，孫和加藤則是走出校舍外。孫用中文說了聲「加油」，關上便門。我用手機充當照明，在烏漆抹黑的黑暗中前進，少女緊緊抱住我的手臂，不安地喃喃說道：

「沒問題嗎？應該有防盜感應器之類的吧？」

「有是有，不過都是在樓梯口、窗戶和教室入口之類的地方。放心吧，我已經確認過了。」

「確認過了？」

「剛才的四眼田雞透過網路駭進老師的電腦，入侵學校的伺服器，調查過感應器的位置和我們走的那扇便門的構造。」

少女倒抽一口氣。抵達樓梯了，我們小心翼翼地往上爬，以免一腳踩空。

「他能做那種像魔法一樣的事？」

「能。實際上，那根本是魔法。問他是怎麼做到的，他就說偽裝ＩＰ什麼的，活像咒語一樣，根本聽不懂。登入密碼倒是用很原始的方法弄到手，就是『從後面偷看手指的動作』。」

爬了一會兒樓梯，終於抵達目的地。我轉動因為手機光線而發出模糊光芒的門把，輕輕地推門。門動了，孫說得沒錯，鎖已經打開。

我猛然打開通往頂樓的門。

在月光照耀下散發朦朧光芒的學校頂樓看起來宛若音樂劇的舞台，現實與幻想交錯的場所。經由這裡，應該可以在兩邊之間通行無阻。

「好棒！是頂樓耶！」

少女在舞台中央轉一圈，一屁股坐向混凝土地板，攤開雙手躺了下來。我瞥了手機一眼，打算關掉燈光，發現不知幾時間傳來一封訊息。

『準備完畢。』

我把手機塞進口袋，在躺在地上的少女身旁坐下來。少女望著滿月，將清澈的聲音釋放到夜空中。

「這裡的鎖是誰開的？」

「四眼田雞旁邊的那個矮子。」

「我就知道，他看起來就是一副手很巧的樣子。」

少女的嘴角露出笑意。她談論我的朋友，讓我有些難為情。

「我在醫院看到他們的時候，就覺得你們這群人很有趣。」

「為什麼？」

「因為完全看不出共通點，不知道這群人為什麼會變成好朋友。」

因為我們都喜歡耍帥——我並未把這個浮現於腦海中的答案說出口。少女朝著夜空伸出手臂、張開手掌，彷彿想抓住滿月。

「你也讓我加入了，因為約會的時候我說過很羨慕你們。謝謝。」

這也是一個理由，不過最大的目的可就不同。我微微吸一口氣，擠出聲音。

「欸。」

「唔？」

「我有一個提議。」

「什麼？」

「別回月亮好不好？」

少女的雙眸無聲地搖曳著。

伸長的手臂猶如平交道柵欄一般啪噠落下。她的視線依然朝著空中，焦點卻不在任何地方。我知道，我觸及她心底的痛處。

「……公主不回去，下一任女王就沒著落了。」

別撒謊了，正好相反吧？妳不是因為身為月亮公主才要回月亮，而是因為不得不回月亮，才變成月亮公主。

「如果妳不回去，就和妳無關了，何必煩惱那些？」

「哪能這麼任性？月亮使者不會接受的。」

「我會把他們趕回去。」

「你做不到的。」

少女坐起身子，站了起來，仰望夜空。虛幻的側臉在月光的照耀下醞釀出一股童話插畫般的氛圍。

「『縱然將我關在轎子裡嚴陣以待，也敵不過月國人。月國人刀槍不入、箭矢不透，即使重門深鎖，亦會迎面而開。一旦開戰，一見月國人，再驍勇的將士也會士氣全失。』」

少女轉向我，隨著晚風翻飛的黑髮蓋住鵝蛋形輪廓。

「這是《竹取物語》的一節。不是假的，月亮使者真的很厲害。遊戲裡不是會有那種絕對贏不了的敵人嗎？就是那種感覺。」

少女伸了個懶腰，彷彿想用天真無邪的舉動掩飾沉重的話語。

「就是這樣，所以你最好別動歪腦筋，那樣只會把事情弄得更複雜。再說——」

少女露出泫然欲泣的表情，只有嘴角是笑著的。

「我並不排斥回月亮。」

啪！

在我心中，似乎有什麼東西斷裂了。頭腦雖然冷靜，心卻在沸騰。大家都沒有錯，一切都沒有錯，可是我不能就這麼默默地放棄。

這個女孩目空一切，所以才能毫不遲疑地踏入別人心房，就像享受小說與漫畫一樣享受別人的人生。她為了自己和我交往，為了自己把我耍得團團轉，根本不在乎我高不高興。如果我高興，算她好運；如果我不高興，她就再去找其他人碰運氣，直到找到一個高興的為止。

換句話說——

對象不是我也無妨。

「……那現在立刻回去好了？」

少女「咦？」一聲。我站起來，抓住少女的手臂。

「既然妳不排斥回去，代表妳什麼時候回去都沒問題吧？那就現在立刻回去。」

我拉著少女的手臂，來到環繞頂樓的護欄邊。靠操場的那一側，掛著紅色倒三角形危險標誌的柵門。鎖頭——是打開的。

「現在的話，我可以陪妳一起去。」

我打開柵門。

晚風咻一聲穿過我們之間。少女想遠離我，可是為時已晚。我一把拉過她的身體，用雙手用力抱住她。

我對於活著一直有種愧疚感。

最愛我的人是媽媽，可是如果沒有生下我，媽媽一定過得更幸福——這樣的矛盾快把我壓垮了。我沒有想做的事，沒有任何目標，但是也不想死。在這樣的日子裡，我一直在追尋足以告訴我「你可以繼續活下去」的事物。

這時候，妳出現了。

妳說過不是任何男人都行，而是在幾十億人之中選上我。妳很期待和我約會，收到我送的禮物很開心，甚至願意委身於我，只是我拒絕了，因為我想好好珍惜妳，不願意這段關係輕易地發生，又輕易地瓦解。我討厭這樣的關係。

可是，妳卻這樣。

別鬧了。

裝腔作勢那麼久，等我真的認真起來，才說自己沒有那個意思，這招可行不通。

「飛吧！」

我瞪著月亮，雙腳蓄力。

「到月亮上去。」

蹬地而起的聲音，聽起來宛如是從遠方傳來。

我以為我飛起來了。

飛進無重力的世界，輕飄飄地浮在空中，就這麼在夜空中游泳，即使要游到月亮上也不成問題。當然，這只是錯覺，世界立刻找回重力，我抱著少女掉進無底的深淵。

少女在我的懷中尖叫。我抿緊嘴唇，一面墜落一面仰望夜空。滿月在沒有星星的夜空裡散發燦爛光芒。好美，美到快讓我落淚了。

——拜託。

她只是個國中女生，今後有很多快樂的事等著她。她還要認識許多人，和他們交流，互相了解、互相傷害，繼續活下去。

所以，拜託。

別帶走她。

墜落地點擺著孫和加藤撬開體育倉庫搬來的安全墊。我扭轉身體，讓自己處於少女下方，並從左肩著墊。伴隨著疼痛的麻痺感竄過全身，我扭動身子，分散衝擊，揮去這股麻痺感。

我放開懷中的少女，少女在墊子上滾了一會兒以後停下來。仰天躺著的我，雙手雙腳攤成大字形，大大吸一口氣。細胞開始活絡，從身體內側發出危險信號。

好痛。

好痛，好痛，好痛。頭、脖子、背、肚子、手臂、腳、屁股和胸口深處這種莫名其妙的地方都痛得快讓我哭出來了。媽的，媽的……

窺探我的少女臉龐占據了整個視野。

「我還以為會死掉。」

少女的頭上沒有頭髮。她為了對抗「返月性症候群」而失去毛髮，外出時都是戴著假髮──「月之旅人」的會報上有寫。

「妳還活著。」

我坐起身子，露出賊笑。少女重新戴上掉在旁邊的假髮，對我回以傻眼的笑容。

「真不敢相信。要是出了什麼事，你打算怎麼辦？」

「我和朋友預演過了，我還事先寫下遺書。」

「我可沒寫，根本還沒做好覺悟。」

「是嗎？也對。抱歉。」

「……真是的。」

少女大大嘆一口氣，垂下肩膀，低下頭——

雙眼撲簌簌地落下大顆淚珠。

「我不想回去。」

我知道。

我知道，全都明白。我看得出來，其實妳不想回月亮，卻不能對任何人說，暗自痛苦。所以今天我才會跳下來，為了打破妳的殼，觸碰赤裸裸的內心。

「我不想回去。」

我抱住抽泣的少女的頭，由上至下撫摸顫抖的背部。該怎麼喚她？我略微思考過後，選擇了自己想得到的最帥詞彙。

「別擔心，公主。」

我用上所有的溫柔和堅定，毫不遲疑地斷然說道：

「我會保護妳。」

少女——公主止住眼淚，把臉抵在我的胸口上，輕聲說道：

「真的？」

「真的。」

「絕對？」

「絕對。」

「我會喜歡上你的。」

——正合我意。喜歡上我最好，別因為自己遲早會走，就不敢對別人動真感情。

其實，妳應該也在追尋對妳說這些話的人吧，所以明明害怕無可取代的人出現，卻又矛盾地向我搭訕。

我會接納這種矛盾。

證明妳的眼光是正確的。

「沒關係。」

我用力抱住公主。嬌小、無助，卻是實實在在的生命。過一會兒，公主也用手環住我的背部，我們就這樣在滿月底下感受彼此，久久不能自已。

我們把安全墊放回體育倉庫，送公主回到她的父親身邊。

這一連串的風波以「討厭參加『月之旅人』聚會的公主拜託在街上認識的我們綁架她」收場，我們成為說服公主回到父親身邊的善良少年，她父親不但沒對我們發脾氣，甚至還感謝我們。不過唯獨對我，他卻是用眼神全力宣告「我不會把女兒交給你」。我都打過招呼了耶。

下個星期一放學後，在公主的請求下，我們四人前往醫院探望她。公主的病房是像飯店一樣豪華的單人房，不但有桌子、沙發，甚至還有電視、冰箱和Wi-Fi，水準比我的房間還要高。

我們和戴著假髮、穿上便服、呈現外出模式的公主，面對面坐在偌大的L形沙發上。首先是介紹圭吾、孫和加藤給公主認識，並交換聯絡方式。過程中，發生了公主聽到加藤的名字後噗哧一笑的小插曲，但說來說去是名字過於搞笑的加藤自己不好，因此並未追究公主的責任，和平收場。

「你們四個有LINE群組嗎？」

「有，要邀妳進來嗎？」

「不用了，我建個新的群組。我有想做的事。」

「想做的事？」

「嗯，等我一下。」

公主開始滑自己的手機。不久後，我們四人分別收到新群組的邀請。群組名稱是——

「御徒町輝夜姬騎士團」。

「……這是什麼？」

「保護月亮公主的近衛騎士團總稱。『御徒町』是因為我想在開頭加點什麼。雖然考慮過『上野』和『東京』，但還是覺得這個名字最響亮。」

從表面著手的類型——我突然想起在上野書店裡的對話內容。

「職業我也想好了。首先，加藤同學會開鎖，所以是『盜賊』；孫同學很聰明，所以是智力很高的『魔法師』；圭吾同學我想了很久，他看起來很會打架，所以是『武鬥家』；浩人則是『戰士』。其實『騎士』也行，可是騎士團裡有騎士的話，不是所有人都是騎士就顯得很奇怪。還有，浩人是騎士團長，請多指教。」

「知道了。」

我點了點頭。突然被拉進過度嶄新的世界觀裡，其他三人都目瞪口呆。抱歉，這女孩不是我們的常識能夠忖度。

「我會把大家的活躍記錄在這本『冒險之書』上，你們要多多冒險喔。」

公主揚了揚我送給她的日記本。仔細一看，封面用書寫體寫著「Adventure Book」。為了拯救不知該做何反應的大家，我開口說道：

「可以問一個問題嗎？」

「什麼問題？」

「為什麼我是『戰士』？我搞不太懂。」

公主錯愕地睜大眼，用食指抵著嘴唇，鼻子「唔～」了一聲，聽起來活像小動物的叫聲。

「『戰士』給人的印象不就是全副武裝在前線當盾牌嗎？」

「嗯。」

「所以囉～」

「……抱歉，可以說得更詳細一點嗎？」

「你不是說要保護我嗎？還這樣抱著我。」

公主伸出雙臂，模仿當時的我，並用挑釁的口吻對受到奇襲而愣在原地的我說：

「要好好保護我喔，團長大人。」

我瞥了圭吾他們一眼，三人都用充滿期待的眼神看著我。知道了，做就行了吧？我會好好耍帥的。

「包在我身上。」

我用右拳敲了敲胸膛，公主露出幸福的微笑。加藤得意忘形地說：「誓約之吻呢？」

我立刻鬆開拳頭，狠狠打了加藤的頭一下。

第二章　武鬥家之詩

國二夏天的國文課，老師叫我們寫「將來的夢想」。

不是出路，而是夢想。今後，我們描繪的未來將會越來越現實，先考慮「可能」與「不可能」，最後只選擇「可能」的未來。所以趁現在，或許是最後一次機會，寫下自己「真正的夢想」，這在很久以後的未來一定能夠成為我們的助力——老師是這麼說的。

那是個平時就常灌我們心靈雞湯的年輕女老師，所以班上同學聽了，幾乎都露出「又來了」的苦笑，我也覺得她畫錯重點。打從呱呱落地的那一刻起，我們就一直活在網路發達的世界裡，只要兩秒就可以知道地球另一側的天氣。「將來的夢想」這種模糊不清的玩意兒，打從小三以後就再也沒寫過了。只要我們願意，連學校給妳多少薪水都查得出來。

我在發下來的紙片上寫下「超級巨星」。老師要我們「把紙折起來放進錢包或護身符裡」，但是課一上完，我立刻把紙片丟進教室的垃圾桶。夢想的殘骸散落在垃圾桶裡，讓我有些感傷。

放學後，我們四人一如平時聚在孫的房裡閒聊，不知不覺間便開始討論自己寫了什麼「將來的夢想」。孫的「史蒂夫・賈伯斯」不怎麼有趣，但是加藤的「身高一八五」卻笑掉我的大牙。五公分這種零頭也在計較，乾脆寫個兩公尺嘛。我們狠狠取笑了加藤一頓，接著把話鋒轉向正在看漫畫的圭吾身上。

「圭吾，你寫了什麼？」

圭吾把漫畫拿到臉前，簡短地回答我的問題：

「高中生。」

當時不知道他是什麼表情？

「他的成績不差，不過……」

空空蕩蕩的教室裡，保坂在「不過」兩字用了約五個重音記號的力道如此說道，瞥了我一眼。我把視線移到自己和保坂之間的桌子，望著角落的色情塗鴉，閃避他的視線。不過，坐在我隔壁的媽媽卻做出正中保坂下懷的反應。

「不過？」

「他好像不喜歡團體行動，我有點擔心他的協調性。他一直沒參加社團活動，或許也有影響。」

「啊，去年的班導也提過這一點。對吧？浩浩。」

是啊，去年也提過這一點，前年也提過這一點，小學的時候也提過這一點，包含家庭訪問在內的三方面談每次都會提到這一點。別管這個了，現在別叫我「浩浩」，拜託。

「這孩子就是愛耍帥，喜歡做與眾不同的事。」

「哦……原來如此。」

保坂陰險地歪起嘴唇，對我和媽媽露出了讓人想給他一拳的完美笑容。

「無論如何，最好在開始忙著準備大考之前增進自己的社交性。多和班上同學交流，多交一些朋友。」

——明明是你叫我「慎選朋友」的耶。

放在大腿上的手隔著制服長褲使勁捏自己的肉。我一面聽保坂和媽媽說話，隨口敷衍偶爾飛來的問題，一面沉浸於保坂被破門而入的恐怖分子用衝鋒槍打成絞肉的妄想中。就在妄想中的保坂成為漢堡材料的次數突破十次時，現實中的保坂說道：「今天就到此為止吧。」結束了升上國三以後的第一場三方面談。

走出教室，在外頭等候的豆花臉男生看見年輕過頭的媽媽，驚愕地瞪大眼睛，一旁看似母親的女人則嫉妒地瞇起眼來。待兩人進入教室以後，媽媽敲了我的後腦一下。

「幹嘛？」

「你還問？面對老師怎麼可以用那種態度？」

「因為我很討厭他。」

「為什麼？他是個好老師啊，很為你著想。」

哪裡為我著想？我本來想這麼說，又打消了念頭。和進入母親模式的媽媽爭論只會把自己搞得筋疲力盡而已，駁斥直銷推銷員還比較有意義一點。

「對了，浩浩，要不要一起去喝杯飲料？媽媽累了。」

「對不起，我有事。」

「找朋友？」

「唔，應該說是……」

我把手插入褲袋中，倚著走廊的窗戶，露出賊笑。

「女朋友。」

和媽媽道別以後，我前往上野一帶。我把耳機插在智慧型手機上，邊走邊聽從CD拷貝過來的THE BLUE HEARTS歌曲。聽了〈一千把小提琴〉之後，我完全迷上這個樂團。爸爸，雖然我很討厭你，不過我們畢竟是父子啊。

不久，我抵達公主住的大學醫院，在櫃台申請面會，把訪客證別在立領制服的胸前口袋上，搭著電梯前往十樓。敲過門以後，我一打開病房房門，一道男童高音叫聲便傳入耳中。

「啊，真的太強了！」

加藤和公主坐在房內深處電視機前的懶骨頭上，握著遊戲機手把的加藤哭喪著臉，旁邊的公主則是面露滿足的笑容。公主穿著洋裝，戴著假髮，一身外出時的打扮。

我把學生鞋換成拖鞋，走向深處。圭吾躺在L形沙發的一側上看漫畫，孫則是在另一側默默地玩平板電腦。你們是把這裡當成自己家嗎？這兩人明明都是難以親近的類型，融入環境的速度卻很快。我也有相似之處就是了。

「浩人，公主超強的。」

加藤指著電視。那是消方塊遊戲，消不完的那一方輸。以加藤的立場來看，勝負是零勝七敗。三天前，公主傳送「輝夜姬騎士團召集令　【對象】全員　【任務】和我一起打電動」的訊息時，加藤跩得跟什麼似的，還說「我是超級玩家」、「真的很強喔」、「不用我讓妳嗎」，結果卻是這樣，遜斃了。

「所以我不是說過了嗎？我也很強。」

「妳雖然說過，可是這個遊戲我單手讓浩人都能贏耶。」

「原來浩人這麼弱啊。」

「我不擅長玩消方塊。」

我不甘心被說弱，插嘴說道。公主用手抵著後方，上半身往後仰，望著背後的我。洋裝與身體緊密貼合，隆起的胸部清晰地浮現。

「……為什麼是外出模式？」

「召集騎士團的公主穿著睡衣坐在王座上，有點不成體統。三方面談怎麼樣？」

「被訓了一頓，說我沒有協調性。」

「浩人就是個性陰沉又有社交障礙的人啊。」

我用腳掌踹了加藤的背部一腳。加藤叫了一聲：「哇！」滾到地板上。孫把視線從平板電腦上移開，對我說道：

「不想被訓的話，就好好用功吧。只要老師認為你對學校有好處，就會睜一隻眼、閉一隻眼。」

「太難了，有沒有更簡單的方法？」

「最簡單的方法，那裡已經有個人在實踐了。」

被孫指著的圭吾「唔？」了一聲，抬起頭來。仔細一看，孫和加藤穿的都是立領制服，只有這傢伙是穿便服——不去學校，就不會挨罵的道理。

「圭吾，升上三年級以後，你去過學校幾次？」

「零次。」

答得真快。不必算，當然快了。

「你多少也去一下吧。」

「不要緊，反正是義務教育，不管做什麼都可以畢業。」

「要是太蠢會考不上高中喔。」

「我又不上高中。」

沉默。

我、加藤、孫，甚至連公主都沉默下來，只有圭吾不為所動，若無其事地再次看起漫畫。廣受女性歡迎的少年漫畫，不知道是公主的，還是圭吾自己帶來的？不，這不重要。

「不上高中是什麼意思？」

加藤粗聲質問。圭吾闔上漫畫，重新在沙發上坐好，猶如睡覺時被人硬生生吵醒似地皺起眉頭。

「還能是什麼意思？就是不上高中，要當流氓的意思。」

「我沒聽你說過！」

「因為我沒說過。有必要說嗎？」

帶刺的話語刺進鼓膜。有必要說嗎？的確沒有。可是，我們之間是不講什麼必不必要的，不是嗎？

「國中畢業以後，我就要去當我爸老大的小弟。他叫黑澤老大，很有名，這一帶的黑社會沒人不認識他。我去跟他打過招呼了，他的氣場跟一般人完全不一樣，是個狠角色。」

我是頭一次看到圭吾讚美大人，但我不想看見這樣的他。我的心境猶如目睹搖滾巨星向製作人鞠躬哈腰。

我不知道圭吾當了流氓以後要做什麼，就算問他，他應該也不會回答，或者該說回答不出來，不過，鐵定會變成靠著傷害別人來換取酬勞的人吧。

我不喜歡「正義」這個字眼，因為感覺上就是一副高高在上、拿著尺衡量世界的樣子。不做正確的事就不能存活的世界吃屎去吧。

可是——

「這樣好嗎？」

話語跳過大腦，直接衝口而出。

「你覺得這樣好嗎？」

圭吾目不轉睛地看著我。依然留有稚氣的圓眼。這小子個頭雖然高大，卻有張娃娃臉，其實根本不適合金髮和耳環——我直到現在才發現這件事。

「有什麼不好？」

圭吾掀起嘴角，自嘲地笑了。

「反正除了流氓以外，我將來也沒有其他想做的事。」

將來的夢想。

我想起一年前在教室裡看到的那些散落在垃圾桶裡的夢想殘骸。我也把殘骸扔進了垃圾桶裡，換句話說，我沒資格對圭吾說三道四。

「……這樣啊。」

我把視線從圭吾身上移開。圭吾不發一語，又躺了下來，打開漫畫書。孫開始玩平板電腦，公主和加藤繼續打電動，落單的我只能無所事事地去上根本不想上的廁所。

進入病房的廁所，我坐在馬桶上吐了一口氣。雖然很想把胸中的鬱悶也一併吐出來，卻像是用杓子舀游泳池裡的水，吐也吐不盡。無事可做的我拿出手機，發現ＬＩＮＥ收到一則新訊息。傳訊者是——

公主。

『輝夜姬騎士團緊急召集令：

【對象】戰士、魔法師、盜賊。

【任務】討論武門家轉職問題。』

隔天放學後，我、孫和加藤三個人一起前往公主的醫院。

我和公主、孫和加藤分別坐在Ｌ形沙發的兩側。公主宣布：「現在開始討論武門家圭吾的轉職問題。」並伸出右手食指，指著加藤。

「先從加藤同學開始，你隨便說點什麼。」

「咦？」

「說什麼都行，超過十秒還說不出來的話就要懲罰。」

公主開始讀秒：「一，二……」加藤則是困惑不已：「咦？咦？」真是太蠻橫了。

「七，八……」

「等一下！呃……他要是轉職，會從武鬥家變成什麼？」

真的一點也不重要，不過公主並未屏棄他的意見，而是順著說下去。

「『無賴』？」

「這不算職業吧？」

「不然『黑道』？」

「啊，這就像了。技能是威脅敵人，讓對方撤退。」

「還有搶走敵人金錢的技能，武器是刀和槍。」

討論越來越離題，我啼笑皆非地聽著，突然發現自己一早感受到的渾身僵硬已經消失無蹤——她是刻意這麼做的嗎？如果是，真不愧是王族，擅長掌控人心之術。

「接下來換孫同學。需要我讀秒嗎？」

「不用了，我已經想好要說什麼。」

孫推了推眼鏡，開始說話。

「昨天，我問過常來我家店裡的中國流氓。」

好驚人的開場白。這小子就是會若無其事地說出這種話，所以才不容小覷。

「聽說這一帶是黑道激戰區，連中國黑道都加入日本黑道的火拚，局勢一直很緊張。」

「就像拉麵激戰區那樣？」

「抱歉，加藤，你先閉嘴。還有，昨天圭吾提到的『黑澤老大』全名叫做『黑澤誠二郎』，聽說真的很有名，是在三強鼎立中巧妙地守住自己地位的老狐狸。他在御徒町有事務所，地點我也問過了，聽了你們會大吃一驚，因為之前我們曾經路過那裡。」

孫突然把視線移向一旁，一副難以啟齒的模樣。

「接下來要說的有點難以啟齒……那個中國流氓蔑稱黑澤誠二郎為『兔蛋』，這在中文裡的意思接近『死人妖』，好像是因為誠二郎有那方面的嗜好。有風聲說他喜歡年輕男人，每天晚上都叫打雜小弟伺候他。」

…………………………

「……這不太妙吧？」

加藤喃喃說道。這回孫沒有制止他，因為確實不妙。

「浩人，你有什麼看法嗎？」

——別鬧了，這球傳得太賤了吧？我才不接。

「欸，」我望著孫和加藤。「國二的時候，國文老師曾經叫我們寫過『將來的夢想』，你們還記得嗎？」

加藤「啊！」了一聲，孫也一臉懷念地點了點頭。「是有這件事。」

「當時我們不是聊過自己寫了什麼嗎？我是『超級巨星』，孫是『史蒂夫・賈伯斯』，加藤是『身高一八五』，而圭吾是——『高中生』。」

一年前，國文老師說對了。我從來不曾認真考慮過「將來的夢想」，不過，不曾考慮和不能考慮是兩回事。直到「出路」赤裸裸地擺在眼前，我才終於明白這個道理。

「當時我以為他在搞笑，現在想想，或許不是。他是真的想當高中生，可是他覺得那就跟夢想一樣不切實際。在我們之中，只有他認真地寫下『將來的夢想』。」

想當太空人，想當總理大臣——就和這類夢想一樣，想當高中生。這樣的人就在我們身邊。

「我想幫他實現夢想。」

孫和加藤緊抿嘴唇。我還不知道該怎麼做，不過我可以感覺得出大家有志一同。

「孫同學。」公主突然對孫說道：「你知道那個黑澤老大的事務所在哪裡吧？」

「嗯，那個中國流氓還說『替我幹掉他』。」

「是嗎？那就下週末行動。你們有別的行程嗎？」

公主依序望向我們。行程倒是沒有，不過我是那種被問「這天有空嗎？」就會想反問

「要幹嘛？」的人。

「……妳想做什麼？」

其實還沒問我就已經猜到了，而公主十分乾脆地說出我的猜測。

「嗆聲。」

2

星期六中午過後，我們在孫的帶路下前往事務所。

路上只有公主一個人說個不停。公主在外出前必須向主治醫師說明理由，徵得許可。公主老實說「要去流氓事務所嗆聲」，主治醫師則是笑著回答「那帶把手槍回來給我當伴手禮」。看著公主邊捲弄假髮邊喃喃說「要帶把手槍回去」，我暗自下定決心，一旦公主開始胡說八道，一定要阻止她。

我們抵達了黑澤誠二郎的事務所所在的住商混合大樓。除了二樓有一間顯然很可疑的金融公司以外，建築物本身平凡無奇，從前我們也路過好幾次，當時沒有任何感覺。不過，現在不同，皮膚因為壓迫感而發麻，心境猶如闖入魔王城堡的勇者。

「好，走吧。」

公主往前踏出一步。白色女用襯衫反射午後的陽光，海軍藍色的傘裙像降落傘一樣飄然翻飛。

我反射性地抓住公主的手臂。

「等一下。」

「什麼事？」

「女生進去太危險了，我們去就好，妳在這裡等。」

「你會保護我吧？」

公主對著瞪大眼睛的我露出愉悅的笑容。

「就靠你了。」

公主小跑步消失在大樓裡。孫在擦身而過時拍了拍我的背部說：「浩人，是你輸了。」並隨著公主而去，加藤也立即跟上，最後踏入大樓的是我。

我們搭著粗製濫造的電梯上了事務所所在的四樓，在滿布塵埃的走廊上前進，來到最底端的那一戶。如果有掛招牌，自然一目了然，但想當然耳，並沒有招牌。我凝視著濁黑色的門，詢問孫：「真的是這裡？」

「那個中國流氓是這麼跟我說的。」

「哎，問問看就知道了。」

公主就像在按自動販賣機的按鈕，極為乾脆地按下門鈴。在我為她的果決而目瞪口呆之際，一道斷斷續續的聲音隔著機械從對講機傳來。

『什麼事？』

「不好意思，請問這裡是黑澤誠二郎先生的事務所嗎？」

『哪裡找？』

「我是岡崎圭吾的朋友，想跟黑澤先生討論他的事，所以才上門拜訪。」

十秒，二十秒——沒有回音。加藤竊竊私語：

「是不是該說得更詳細一點？」

「沒問題。他沒有反問，代表他知道我在說什麼。一定是在裡頭商量。」

「可是——」

門微微地開了。

穿著黑色運動服的年輕男人隔著門鏈現身。兩側削高的黑髮，看起來活像路邊的高中生，一點流氓樣也沒有。這傢伙該不會就是晚上也要伺候老大的打雜小弟吧？

「妳是那個國中小鬼的女朋友？」

「不是，只是朋友。」

「岡崎大哥現在不在。」

「只要能跟黑澤先生說話就行了，握有決定權的應該是黑澤先生。」

「決定權？還真嗆啊。」

運動服男拿下門鏈，大大地打開門，讓我們入內。

「進來吧。」

通過第一道關卡了。公主低頭致謝，進入事務所。運動服男在一旁對著隨後跟上的我嘀咕：

「居然讓女人打頭陣？」

一股火立刻冒上來。

──冷靜，這裡是敵營，戰鬥能避則避。再說，這傢伙說得也有理，至少門鈴該由我來按才對。

我在玄關換上拖鞋，不著痕跡地站在公主前面。短廊前頭有扇嵌了毛玻璃的門，門後應該就是事務所的客廳。

待眾人都進入事務所之後，運動服男便關上玄關大門，走向底端。他的走路方式很特別，微微拖著右腳。這回輪到我打頭陣，有多少人儘管放馬過來吧，我會把你們殺得片甲不留──我抱著這樣的決心握緊拳頭，隨著運動服男走進客廳。

菸味。

簡直像是因為禁菸而被趕出街頭的菸味全都逃到這裡了，層層疊疊的刺鼻臭味強烈地刺激鼻腔深處。我忍不住背過臉，發現有兩個男人在矮几和皮沙發組成的談話區看著我們。削高的金髮，和龍形刺青的光頭。有別於運動服男，他們一看就知道不是什麼正派人士。

「木崎，你真的要帶他們去？」

金髮男操著大舌頭口音詢問運動服男。運動服男指著底端的門說：「要問去問叔叔吧。」那是會客室嗎？該不會是隔音規格的拷問房吧？

——別怕，振作點，我可是團長啊。

我捏了自己的大腿一把。來到底端的門前，運動服男敲了敲門說聲「打擾了」才入內。魔王戰的氣息。我吞了口口水，毫無意義地大步跨入房內。

環顧房間，中央是張長方形矮几，長邊各擺了三張單人座皮沙發，桌上放著水晶菸灰缸，坐在最底端沙發上的西裝男子正在使用。往後梳的白髮和覆蓋輪廓的白鬍鬚連在一塊，活像白獅的鬃毛。那是個相貌剽悍的老年男性。

這傢伙就是——黑澤誠二郎。

「人帶來了。」

運動服男擺出立正姿勢。黑澤瞥了他一眼，在菸灰缸裡捻熄香菸。公主把雙手放在大腿上，深深地低下頭。

「謝謝您讓我們進來，很抱歉突然來訪。」

「不要緊，我不會跟國中小鬼頭計較。」

沙啞的嗓音粗糙不平地留在耳裡，擾亂我的心思，令我坐立不安。

「你們有話要說吧？坐下來吧。」

「是，失禮了。」

公主在黑澤前方的沙發坐下來。那個位子是我該坐的，可是我又晚了一步。無可奈何，我只好在公主身旁坐下，孫則是坐在我旁邊。黑澤對側的沙發全坐滿了，加藤不知該如何是好，慌了手腳，最後才在黑澤那一側最靠近門口的沙發上坐下來。

「我們要說的是——」

「沒關係，是我起的頭，由我來說吧。」

我打斷了開始說話的公主。黑澤用鑑定獵物般的肉食獸眼神看著我。

「我們今天是為了讓朋友岡崎圭吾上高中而來的。」

我吸了口氣，腦子裡開始播放THE BLUE HEARTS的〈鬥士〉。

「他說他國中畢業以後，要到黑澤先生的手下當流氓，可是他其實想上高中。我不知道他是因為什麼理由而壓抑自己的心情，所以想先確認一下，並盡力消除理由。比方說，如果是黑澤先生勉強他當流氓的話——希望您能停手，就是這樣。」

我一氣呵成地說完這番話。黑澤從西裝胸袋中拿出新的香菸，用桌上的打火機點燃，吞雲吐霧，並用右手食指和中指夾住點燃的香菸。

「其實想上高中？」

沙啞的嗓音變得更大聲，就像是要讓我們聽清楚似的。

「不過他可是跪在地上磕頭求我從頭鍛鍊他啊。」

宛如被鐵鎚毆打的衝擊從鼓膜擴散至全身。

「他說他很崇拜爸爸，自己也想變成一個頂天立地的流氓。看他的額頭都黏在地板上了，樣子還挺可愛的。」

圭吾跪地磕頭——不要，我連想都不願去想。圭吾才不是那種會跪地磕頭的人，至少在我心目中不是。

「好了。」黑澤用點燃的香菸指著我。「你剛才說誰『其實想上高中』？」

熔岩般的紅褐色一點一滴地灼燒視網膜。懾於對方的氣勢，我開不了口。我必須奮戰，必須反駁——

啪！

輕物掉落的聲音傳來。我望向聲音的來源，只見桌上擺著一個黑塊。一束帶有光澤的黑線——是假髮。

公主站起來，日光燈照耀著她外露的頭皮。

「我是個明天不知道還能不能說話的人。」

堅毅的聲音輕輕地搖晃裊裊上升的香菸煙霧。

「所以我不喜歡看別人忍耐。那種感覺就像是看到還沒吃完的零食被丟掉一樣，總覺得『好浪費』。如果忍耐可以換來什麼倒還好，只有損失的忍耐看了只會讓我難過。」

公主挺直嬌小的身軀，正面向黑澤叫陣。

「看到逼別人忍耐的人，也會讓我有同樣的感覺。」

黑澤仰望公主，不發一語地吐了口煙，大概是從來沒被國中女生當面叫陣過吧，可以感覺得出他正為了如何應對而傷腦筋。

公主戴上假髮，坐了下來。黑澤在菸灰缸裡捻熄香菸，深深地坐進沙發裡，娓娓道來：

「想讓那個小鬼當流氓的不是我，是他爸。」

——讓步了，一個國中小女生逼得黑道老大讓步。

「他來向我跪地磕頭的時候，他爸也在一旁盯著他。並不是我想收他，你們來找我抗議，是找錯了人。」

狀況漸漸明朗，而我們也找到突破口。

「既然這樣，只要他父親收回請求，您就不會收他當小弟了嗎？」

孫觸及核心。黑澤摸了摸鬍子，喃喃說道「是啊」。結論似乎呼之欲出了。

此時，年輕的粗暴男聲響徹房間。

「你們是白痴啊？」

眾人的視線全都集中到聲音的主人——運動服男身上。男人大步走向我，把手放在我坐著的沙發椅背上，在我的耳邊輕聲說道：

「以後負責教那個國中小鬼的是我。」

我瞪著運動服男。見狀，他不但沒有退縮，反而樂不可支地掀起嘴角。

「我會好好調教他。你們在學校教室裡開開心心地上課的時候，他會在某間公寓裡學習騙人和討債的方法。只要兩個月，和你們就是不同世界的人，才不會悠悠哉哉地跟你們鬼混。」

——閉嘴。

「就像海水魚和淡水魚，住的世界本來就不同，別因為幼魚時期短暫相處過就會錯意。你們註定是這種結果。」

閉嘴，閉嘴，閉嘴。

我知道，這種事我們大家都知道。可是我們畢竟相處過，雖然只有一年左右，但我們確實在一起，所以我們才特地跑到這個「不同的世界」來嗆聲。像你這種人，有什麼資格對我們說三道四？

「吵死了。」我瞪著運動服男，恨恨地說道：「靠著吸老頭子的臭屌討飯吃的狗還敢叫那麼大聲。」

運動服男臉上的表情消失了。

充滿嘲弄之色的笑容不見了，而且沒有出現任何表情替代。運動服男的視線活像機器人一樣冰冷，我忍不住縮起身子，而他用雙手抓住我的雙肩，用力一扯。

我連人帶沙發往後倒下，後腦「咚」一聲撞上地板，火花在眼底飛濺，模糊的視野中映出布鞋鞋底。我扭動脖子避開運動服男的腳，試圖起身，卻被男人壓住，無法如願。

運動服男舉起拳頭。我會被揍——如此暗想的同時，我已經挨揍了。塑膠碎裂的聲音在被毆的臉中央響起。唾液與鼻血四散的彼端，可以看見再度掄起拳頭的運動服男。我反射性地護住臉，可是這回換成肚子挨揍，胃液從口中飛濺而出。

「住手！」

黑澤叫道，但運動服男沒有停手，一面對我飽以老拳，一面發出瘋狂的怪叫聲。

「竟敢侮辱叔叔~~~~~~！」

——我沒有。

我沒有侮辱他，我侮辱的是你。我是說了臭屌兩個字，可是屌本來就是臭的。這傢伙是怎麼搞的？莫名其妙。

男人的拳頭嵌進我的心窩。爆擊。靈魂和嘔吐物一起脫離身體，意識逐漸遠去。為什麼會變成這樣？真的，不該說那些多餘……的……話……

☾

醒來以後，我發現自己躺在車子後座上。

望著我的臉龐的公主鬆一口氣說：「太好了。」後頸感受到的體溫，讓我察覺自己正枕著她的膝蓋。肚子和臉一陣陣抽痛，我迷迷糊糊地想起自己被打到昏倒的事。

「……孫跟加藤呢？」

「我叫他們先回去了。我們正要去醫院。」

「……醫院？」

「對，就是我住的大學醫院，去治療你的傷勢。」

「……我沒帶健保卡。」

「我會替你全額付清，放心吧。」

事務所客廳裡的那個光頭在駕駛座上說道。要替我全額付清？原來他們人還不錯嘛——我竟然忘了是被誰打成這樣子，還傻傻地這麼想，看來血液顯然沒有流到腦袋。

車子停在醫院的停車場裡，我和公主拿了錢以後便下車。「結束以後來找我。」公主留下這句話，回到自己的病房，而我則是走向掛號窗口。多虧這張一看就知道受了傷的臉，我不必被問東問西，就可以直接接受治療。

治療完畢，鼻梁骨折，要一個月才能痊癒。被一堆紗布和固定器淹沒的臉孔，連我自己看了都覺得慘不忍睹。該怎麼向媽媽解釋？我一面煩惱一面前往公主的病房，打開了門。

戴著細長眼鏡、一副神經質樣的男人，正在換上病人服、躺在床上的公主身旁瞪著我。

現任月亮女王的伴侶，亦即月亮國王，也就是公主的父親。公主一面把玩假髮，一面對月亮國王說道：

「爸爸，浩人來了。」

「來了又怎樣？我可是妳爸爸。難道妳想幹什麼爸爸在場會很為難的事嗎？」

——月亮國王用表情傳達了這番話，默默地離開公主身邊，走向病房門口，並在擦身而過的時候……

「我女兒好像很中意你，不過你別往自己臉上貼金，我還沒承認你。要是你敢對她亂來，我絕不饒你。」

——他用表情對我傳達了這番話以後，才默默地離開病房。我吐了口氣，在床邊的圓椅上坐下來。

「伯父在的話，先跟我說一聲嘛。」

「爸爸總是說來就來。你跟他打好關係就好了啊。」

「我也想，妳可以跟伯父說『我很喜歡他，希望你跟他好好相處』嗎？」

「我剛才說了，不過好像造成反效果。」

妳說了？難怪他敵意全開。

「哎，我很感謝爸爸擔心我。」

公主愛憐地看著房門。就是因為這種「擔心」，直到不久前，她都必須參加根本不想參加的新興宗教聚會，但她毫無怨懟之色。我很清楚，公主真的很愛父親，所以才願意做她最討厭的忍耐。

圭吾呢？

他也愛著父親，所以才忍耐嗎？

「浩人。」

公主向我招手。我走上前去，她伸出雙臂，溫柔地撫摸我微微發燙的臉龐，充滿歉意地輕喃：

「對不起，很痛吧？」

「不用道歉，是我自爆。」

「可是，是我提議去嗆聲的。」

「沒關係啦。其實該道歉的是我。」

我垂下頭來，說出喪氣話。公主的手離開了我。

「為什麼？」

「我是騎士團長，卻保護不了妳。妳面對流氓，一步也沒有退縮，我卻只是在旁邊無所事事而已。這樣根本是隨從。」

「那是因為有你們在啊。」

我抬起臉來。只見公主微微一笑，臉上浮現酒窩。

「不管發生什麼事，你們都會保護我——因為這麼想，我才不必忍耐，可以為所欲為。這不也是一種保護嗎？」

公主再次朝著我的臉伸出手來，像剛才那樣撫摸。不過，這次和剛才不同，剛才撫摸的是傷口，這次撫摸的應該是我。

心跳加速了。微微飄來的消毒藥水味帶給我一種強烈的悖德感。我也想摸她，放在膝蓋上的手跟著感覺微微浮起來。

此時，牛仔褲口袋裡傳來劇烈的震動。

我從口袋裡拿出手機，是媽媽打來的電話。能不能看時機打啊？雖然就某種意義而言，她確實是看準了時機。

「抱歉，有電話。」

我接起電話。

『浩浩，你現在在哪裡？』

媽媽的聲音傳來。我本來想說「在女朋友這裡」，但一想到公主就在身邊，又覺得不好意思，便改口說道：

「在外面玩。」

『不是在醫院？』

面對這一針見血的指摘，我的呼吸一瞬間停止了。

「為什麼這麼想？」

『剛才有人來家裡跟我說的。』

「有人來家裡？」

『嗯，對。』

媽媽用若無其事的口吻說出真相。

『兩個流氓。』

3

回到家以後，一走進客廳，我就感到一陣暈眩。

客廳中央鋪著四張坐墊，其中三張坐了人：穿著居家服的媽媽，媽媽的對面是黑澤，黑澤身邊是穿著西裝的運動服男。媽媽身邊的空位應該就是我的位子吧，真不想坐。

「浩浩！你受的傷這麼嚴重！」

我說啊，不要在別人面前叫我「浩浩」行不行？拜託考慮一下時間、地點、場合吧。

其實就算在家裡我也不喜歡被這樣叫，只是忍著沒說而已。

「沒事，沒什麼大不了的。」

我往空坐墊坐下來。正面那個已經沒穿運動服的運動服男——記得他好像是叫木崎，狠狠瞪了我一眼。黑澤挺直腰桿，以漂亮的正座姿勢朗聲說道：

「既然令郎也來了，容我重申來意。」

黑澤把雙手放在自己的膝蓋前，並用額頭抵著地板。

「這次我手下的年輕人傷了令郎，真的萬分抱歉。治療費我們會全額負擔，並外加一點小心意。他本人也深自反省了，希望您能寬宏大量、高抬貴手。」

——居然這麼鄭重？

我驚訝不已。聽媽媽說黑澤和木崎來賠罪的時候，我還半信半疑，如今見了這一幕，可就不得不信。的確，流氓把國中生打到送醫的事要是鬧大了，對他們應該很不利，但我以為他們會用半帶威脅的方式。看來這年頭流氓比我想像的難混許多。

「呃……」媽媽開口，「道歉的人和道歉的對象好像不對吧？」

黑澤抬起頭來。我啞然無語，身旁的媽媽鏗鏘有力地說道：

「我沒想到傷得這麼重，真的很生氣。這樣不行，不可以家長自己私了。如果您替那孩子著想，請叫他好好向我兒子道歉，這樣才對吧？」

沒想到母親模式對流氓也會發動，我不由得大吃一驚。

「……您說得是。」

黑澤呼喚木崎「俊」，這大概是他的名字吧。木崎嘟起嘴巴。

「我的道歉和叔叔的道歉相比，一點價值也沒有。」

「那是我們的理論，現在情況不一樣。」

「可是……」

「你要丟我的臉嗎？」

木崎的肩膀猛然一震。接著，他不情不願地將雙手放到我的前面，用比黑澤緩慢許多的動作低下頭來。

「……對不起。」

整個就是被逼著道歉的感覺。哎，反正我也不想要他道歉，不會說什麼誠意不夠之類的麻煩話。不過──

「我可以原諒你，可是有一個條件。」

我豎起右手食指，指向黑澤。

「請讓我和黑澤先生單獨說話。我昏倒之前，話還沒說完。」

木崎猛然抬起頭來，用充滿敵意的眼神瞪著我，大概是不滿我拿當他藉口向黑擇提出要求。不過，黑澤本人卻摸著鬍子，一副樂不可支的模樣。

「我是無所謂……」

黑澤瞥了媽媽一眼，我立刻對媽媽說道：

「不要緊，有狀況我會聯絡妳，妳在外面等我就好。」

媽媽看看我，看看黑澤，看看木崎，又看著我，接著嘆了口氣，一臉疲倦地喃喃說道：「真是的，就是愛耍帥。」

媽媽站了起來走向玄關。黑澤又喚一聲：「俊。」木崎就像一個口令一個動作的軍犬，也站了起來，一如在事務所看到的那樣，拖著右腳離開客廳。

玄關大門關閉的聲音傳來。黑澤換了個坐姿，面露賊笑。

「那就繼續上次的話題吧。」

「在那之前，我有個問題。」

「啊？」

「您是怎麼知道我家在哪裡？我應該沒帶任何有寫住址的東西。」

「哦，這個啊。哎，你現在是考生吧？家裡是不是常收到很多學習教材的廣告傳單或手冊？」

「是啊。」

「他們是從哪裡拿到你的個資的，你不覺得很不可思議嗎？」

我花了幾秒鐘才理解他的言下之意，而在理解之後，背上不禁發毛。

「你和那個小妹妹都太小看我。」

黑澤拍了自己的右腿一下，接著又略微壓低聲音說道：

「你有發現和我一起來的那個年輕人走路時拖著右腳吧？」

「有。」

「你覺得是為什麼？」

我開始思考。照這個走向判斷，八成是血腥的理由。

「火拼的時候中彈之類的？」

「不是，是小時候被車子撞到的後遺症。」

搞什麼，很普通嘛——

「撞到他的是我。那小子的母親是個人渣，叫不知道是誰的種的親生兒子去給車撞，製造假車禍，以詐領保險金和賠償金。不過，挑上我的車，算她倒楣。我反而把她的兒子搶過來，送她下地獄。」

黑澤咯咯笑著，不過我笑不出來。我也聽過不少黑暗的故事，但是叫自己的孩子去給車子撞來賺賠償金的母親，並不是適合存在於世界上的故事。

「那小子現在十七歲，當然沒上高中。正確地說，打從我收留他以來，他從來沒上過學，所以看到你們才會那麼火大，覺得你們很耀眼、很煩人、很想痛扁一頓。他的心情我懂。」

他們的世界和我們的世界。在我的心中，兩者之間的界線似乎越來越粗。

「那個叫圭吾的國中小鬼頭的爸爸，也是懂這種心情的人。」

圭吾，我們的朋友，輝夜姬騎士團的一員——他們世界的人。

「你們認識才一年，不會懂那個小鬼不敢反抗爸爸的理由。你們認識的時候，他早就被『調教』好了。」

黑澤探出身子，西裝上的菸味連我都聞得到。

「懂了嗎？」他的聲音猶如自地底響起，充滿威嚇感。「小鬼頭不要一天到晚作夢。」

作夢。

一年前，國文老師要我們寫下「真正的夢想」；反過來說，就是「現實中無法成真的夢想」。不會實現的夢想，不能實現的夢想。我成不了超級巨星，孫成不了史蒂夫．賈伯斯，加藤成不了身高一八五，而圭吾成不了高中生。

——真的嗎？

真的是這樣嗎？

因為我是小鬼頭，才會認為只要認真努力，任何夢想都有可能實現嗎？

就算是……

「——囉嗦。」

我抬起臉來，挺起胸膛。若是輸在這裡，一切都會結束——我有這種感覺。

「正因為我是小鬼，所以才會作夢啊。」

黑澤那雙利如猛禽的眼睛瞪得老大。我在眼部肌肉使盡所有力氣，瞪著黑澤。你再怎麼拿現實來壓我，我也絕不會放棄夢想——我用態度表達自己這般意志。

黑澤倏地站起來。

面對意料之外的行動，眼部肌肉放鬆了。我一察覺眼部肌肉放鬆，又慌慌張張地再次使勁。黑澤俯視著忙碌不堪的我，不知何故露出溫和的笑容。

「浩人，你將來想做什麼？」

居然直接叫我的名字？少裝熟了，我可不會對你卸下心防。

「還沒決定。」

「哈！對別人的未來意見那麼多，自己卻沒還決定？真窩囊。」

被踩到了最不想被踩的痛腳，我的氣勢頓時萎靡。黑澤對這樣的我說道：

「要是你找不到想做的事，就來找我吧。我會好好疼你的。」

黑澤留下突如其來的挖角宣言之後，便走向玄關。我連忙叫道：

「等等！」

「我不等。」

黑澤依然背對著我，揮了揮張開的右手。

「我不喜歡跟小鬼頭講話，因為道理講不通。」

黑澤走了。我並未追上去，只是靜靜地握住拳頭。這場仗應該是我贏了，不過，真正該戰勝的對象另有其人。

隔天。

我、孫和加藤再次聚集到公主的病房裡。我們坐在沙發上，先由我報告和黑澤的談話，待我說完以後，孫打破了沉重的靜默。

「到頭來，如果圭吾不起身反抗，什麼都無法改變。」

孫說得沒錯。這或許是被迫選擇的未來，但圭吾的確做出了選擇，他若不起身推翻，什麼都無法改變。經歷了昨天的事以後，我很清楚這一點。

「欸，」加藤開口，「昨天我在流氓的事務所裡一句話都沒有說。」

經他一提，我才發現他確實從頭到尾都沒開口。

「說起來很丟臉，我嚇得不敢說話。圭吾從出生以來，在他身邊的一直是那種類型的爸爸，對吧？他在年紀比我還小的時候，就一路挨打挨罵到現在，這樣——怎麼敢反抗？」

我想像圭吾的孩提時代，心情變得很沉重。黑澤說的「調教」是漢字的調教，不是平假名的「調教」。雖然相似，語感卻完全不同。

「想上高中」的渴望若是無法戰勝對於父親的恐懼，圭吾就不會起身反抗。這就像是老鼠挑戰獅子一樣令人絕望，幾乎沒有勝算可言。至少可以肯定的是，如果圭吾想上高中的理由是出於「不想當流氓」這類否定的心態，那就絕對沒有勝算……

——等等。

「那小子為什麼想上高中啊？」

叩叩。

突然有人敲門，隨即，滑動式房門打開了。宛若電視節目中的來賓有備而來地出現在攝影棚一般，處於風暴中心的人物踏入病房。

「哦，你們也在這裡啊？」

是圭吾。我轉向公主，公主搖了搖頭。「妳叫他來的？」「我沒有。」的意思。

「正好。我聽黑澤老大說了，你們幹嘛多管閒事？我什麼時候說過想上高中這種遜到極點的話？別鬧了。」

圭吾走到我們面前。他把手插在口袋裡，聳起肩膀，採取威嚇的姿態。加藤咕咕噥噥地說道：

「你說過啊。」

「啊？」

「將來的夢想是『高中生』。」

圭吾的雙眸搖晃動。他提高音量，彷彿要以大浪蓋過小浪。

「你是說你寫了『身高一八五』的那個？白痴，誰會認真寫那種鬼東西？」

「如果是開玩笑，應該會寫別的吧。」

是孫。圭吾瞪著孫，孫則是默默地凝視圭吾。我是有話想對你說，不是想和你對槓──孫的視線如此訴說著。

「……你們真的很煩，小心我宰了你們。」

「那就試試看啊。」

話語在我思考之前便衝口而出。臉上的傷口隱隱作痛。

「在這裡的所有人都比你弱，你一定可以宰了我們。試試看啊。」

我揚起右邊的嘴角，露出充滿嘲弄之色的笑容。

「反正你以後會變成這種熱愛恃強凌弱的流氓。」

圭吾的手伸向我的胸口。

他揪住我的衣襟，一把將我拉過去。他的臉近得可以往我臉上吹氣，雙頰通紅，嘴唇顫抖。你是快哭出來的嬰兒嗎？想哭就哭啊。大家都在等待這一刻。

「你憑什麼──」

啪！

巨大的破裂聲響徹病房。圭吾摀著頭，皺起眉頭，而我、孫和加藤則是看著製造聲音的元凶──公主。公主一面用右手上的拖鞋拍打左手，一面傻眼地說道：

「騎士團居然在主子面前吵起架來了，成何體統？」

公主重新穿上拖鞋，往沙發坐下。她攤開手臂，環住椅背，用戲劇化的口吻說：

「浩人、孫、加藤，你們出去。」

「咦？」

「別問了！」

我們三人懾於她的氣勢，不約而同地衝出病房，四處尋找可以坐下來的地方，最後在電梯附近的粗柱子後方發現一張長椅。我、加藤和孫由左至右在長椅上坐下，加藤便立刻挖苦我：

「挨罵了，都是浩人害的。」

我皺起眉頭。引發決定性爭吵的確實是我，但我無法接受這個指責。

「你也是原因之一吧？」

「不，再怎麼想，都是浩人的錯。對吧？孫。」

加藤把話鋒轉到孫身上。不過，專注於手機的孫並沒有回話。我伸長脖子，隔著加藤對孫問道：

「你在幹嘛？」

「竊聽魔法。」

「……啊？」

「好，連上了。」

孫把手機遞到我和加藤面前。電子雜音透過擴音功能擴散到周圍，而雜音的彼端傳來熟悉的聲音。

『所以浩人就嘲笑那個人，結果突然被揍……』

在我和加藤的凝視下，孫露出無敵的笑容。

「我用放在病房裡的平板電腦收音，透過網路傳到手機裡。」

不愧是魔法師。我們三人圍著孫的手機，屏住呼吸，豎起耳朵聆聽對話。

『後來的事我也不太清楚，浩人家──』

『夠了。』

圭吾用強硬的口吻打斷公主。看來他還在生氣。

『妳想說的不是這些吧？別拐彎抹角的。』

『是嗎？那我就問了。圭吾同學，你為什麼想上高中？』

正中直球。從降低的聲調，可以感覺出圭吾的畏怯。

『我對高中沒興……』

『你想上高中吧？別拐彎抹角的。』

太強了，不愧是公主，難怪連黑道老大都會讓步。

『告訴我，我絕對不會告訴任何人。只要你跟我說，我就不再干涉你的決定，甚至可以幫忙說服浩人他們。』

和在事務所時一樣堅毅的聲音。經過數秒的沉默以後，圭吾喃喃說道：

『好吧。』

局勢改變了。我吞了口口水，靜觀對話的發展。

『妳聽過我在寫「將來的夢想」時，寫下了「高中生」的事吧？』

『嗯，大家都說你其實很想上高中，所以才那麼寫。』

『並不是這樣，正好相反。我是寫了「高中生」以後才想上高中的。在那之前，我真的連想都沒想過。』

叮！電梯抵達我們所在的樓層，孫稍微調低手機的音量。

『我並不想當流氓，只是沒有其他想做的事，覺得當流氓也沒差。老爸一直希望我當流氓，而我一反抗他就會被他打個半死，所以我從來沒有考慮過不同的將來。』

圭吾的聲音變得柔和一些。

『不過，認識那些傢伙以後……』

那些傢伙——他的語調聽起來很溫暖，緊緊地揪住我的心臟。

『起先，我覺得「他們是好人，可是和我不一樣」，刻意跟他們保持距離。該怎麼說呢？我感覺得出來，他們是在呵護之下長大的，雖然有些彆扭卻不扭曲。我是既彆扭又扭曲，所以有時候看著他們，會突然感到一股火冒上來。』

很耀眼、很煩人、很想痛扁一頓——懂得這種心情的人。

『不過，後來越混越熟，就不火大了，反而覺得在一起很開心。這時候，課堂上要我們寫將來的夢想。一想到他們應該會跟普通人一樣上高中，我就寫下了「高中生」。我是從那時候才開始想上高中的。』

圭吾沉默下來。公主猶如要填補這段空白一般，替他的這番話做了總結。

『你是不想落單？』

不想落單，否定的理由。圭吾——否定了這句話。

『不是。』

這種氣氛好似在對答案。我們稍微靠近了智慧型手機。

『他們和我以前來往的人完全不同，跟他們在一起，感覺很新鮮，讓我驚覺原來也有這樣的世界。要是沒認識他們，我大概會在不知道這種世界的狀態下活著，然後死去吧。一想到這一點——』

雜音消失了，連神明也在幫忙製造效果。

『或許在高中也能遇見這樣的人，對吧？』

加藤在我的身旁微微地吸一口氣。

『遇見像他們一樣的人。』

孫走到一旁推高眼鏡，揉了揉眼睛。

『流氓的世界裡沒有這種人，可是高中裡說不定有。也許會有像他們這樣的人，讓我再次見識到新世界。這麼一想，我就覺得「好可惜」。就算最後還是當流氓也沒關係，在那之前，我想多見識各種世界。我想上高中──就是出於這個理由。』

我站了起來。

孫和加藤仰望著我。加藤一臉驚訝，孫則是了然於心。我對他們堅定地說道：

「走吧。」

「竊聽會穿幫的。」

「現在是說這種話的時候嗎？」

「……也對。好，就聽團長的命令吧。」

孫把手機收進口袋，站了起來，加藤也立刻跟著站起來。我們三人走向病房，連門也沒敲便用力打開門。

面對面坐在沙發上的公主和圭吾猛然轉向我們，我們大步走到兩人面前。加藤在臉孔前「啪」一聲合起雙手，向愣在原地的圭吾低頭致歉。

「抱歉！我們都聽見了！」

「啊？」

圭吾發出高八度的聲音。孫從沙發前的桌子上拿起平板電腦，對圭吾揚了揚。

「我是用這個收音的。這件事是我自作主張，要罵就罵我吧。哎，日本的法律不罰竊聽就是了。」

被聽見了——得知這件事以後，圭吾的視線開始明顯地飄移。我站到圭吾面前，對他說出足以證實我全聽見了的話語。

「當然有。」

不必加上「說不定」或「也許」。

「高中也有像我們這樣的人。」

圭吾的動搖達到最高點。他的視線四處亂飄，活像在尋找掉落在某處的答案，然而，當他發現我連眼睛也沒眨一下、一直凝視著他時，他終於冷靜下來。

我握住右拳，伸到圭吾的面前。

「大開殺戒吧。」

這話說得沒頭沒尾，聽起來活像是要把高中裡像我們一樣的人全部殺光。不過，這樣就夠了。圭吾露出了小孩收到聖誕老人禮物時的笑容，舉起拳頭，和我的拳頭相碰。

「嗯。」

4

果不其然，作戰計畫十分暴力。

雖然也有人提出「父子促膝長談」的和平方案，但是立刻被圭吾否決了。「這樣可以解決的話，就不會演變成這種局面。」他說得一點也沒錯，所以沒人反駁。不久後，「圭吾把父親痛扁一頓，逼他乖乖就範」這等毫無和平可言的基本方針便確立了。

既然大綱已經完成，剩下的就是細項。我們進行排練，做好準備。圭吾忙著訓練的同時，我們針對圭吾的父親做了背景調查。圭吾的父親活像個大型冰箱，高頭大馬、凶神惡煞、魄力十足，老實說，換作是我，絕不願意二十四小時都和這種人在同一個屋簷下生活。這和跟大猩猩同居沒什麼兩樣，而且還是被趕出森林或是父母被殺或是兩者都有，對人類充滿怨恨的那一種大猩猩。

到了作戰實行日的前一天，我們在公主的病房裡齊聚一堂，舉辦餞行會。由於計畫實行時間是半夜，公主無法參加，便表示會將事情的始末記錄在「冒險之書」上，詢問圭吾希望下什麼標題。圭吾借鏡從前的動畫名稱，提出了「武門家圭吾大獲全勝！朝著充滿希望的未來Ready GO！」的標題，不知道由來的公主一臉錯愕，知道由來的我和加藤則是哈哈大笑。不過，孫明明知道由來卻沒有笑，非但如此，餞行會期間，他都是滿面愁容。

直到餞行會結束、回到家以後，我才明白理由。

『我有事必須瞞著圭吾說，到貓熊廣場集合。』

孫的訊息並不是傳到輝夜姬騎士團群組，而是傳給我個人。我沒有回覆，直接前往御徒町站。我在昭和路口被紅燈攔下來，並在那裡遇見加藤。「孫叫你來的？」「對。」「你覺得是什麼事？」「不曉得。」我們一面交談，一面再次踏上熱鬧的夜晚街道。

不久，我們抵達站前的貓熊廣場。在貓熊像前等候的孫見到我們，露出了僵硬的笑容。我察覺事情不對勁，直接了當地詢問：

「是什麼事？」

「我有事想問你們兩個。」

「什麼事？」

「你們覺得圭吾贏得過他父親嗎？」

雜音變大了。

路上行人的腳步聲、居酒屋的叫賣聲、奔馳於高架橋上的山手線行駛聲，這些聲音一口氣膨脹。當然，事實並非如此。周圍的聲音聽起來變大，是因為我們都沉默下來。如同風從氣壓高的地方流向氣壓低的地方，聲音也會流向沉默。

「我覺得——不會贏。」

孫擠出的聲音細微又銳利。

「打從看到圭吾的父親時，我就一直這麼想。我完全想像不出贏的可能性。圭吾說過要是談話可以解決，就不會演變成這種局面。同樣的道理，如果他打得贏，也不會演變成這種局面。」

正論聽起來格外刺耳。加藤自暴自棄地說：「不然該怎麼辦？」孫則是沒好氣地回答：「我叫你們來，就是為了想辦法。」在險惡的氣氛中，我暗自尋思。

對於我們而言，圭吾是個很強的人，「武鬥家」可說是當之無愧。我們作夢也沒想到，他的脖子上居然戴著項圈，而牽繩就握在某人手裡。

項圈，鎖鏈，無賴。

「〈Chain Gang〉。」

孫和加藤同時轉向我。

兩人的反應這麼大，讓我有點困惑。我半點頭緒都還沒理出來，只是想到這個詞脫口而出。不過，或許正因為是無意識間脫口而出的話語，反而接近真實。我就像是摸黑前進一般，斷斷續續地說下去。

「THE BLUE HEARTS有首歌就是這個名字，是在描寫害怕孤單的男人。我覺得這一點和圭吾很像。」

孤單。沒錯，那小子認識我們之前，都是孤孤單單的，所以才沒有把不上高中的事告訴我們。

「他不想讓我們察覺彼此是不同世界的人，所以一直沒有說出以後要當流氓的事。後來瞞不下去說出來，我們還是不離不棄地繼續支持他，讓他感受到自己並不孤單，才做好奮戰的覺悟。可是——」

答案昭然若揭。我用上丹田的力量，高聲說道：

「這樣太奇怪了吧？」

我握緊拳頭，彷彿要握扁無處宣洩的怒氣。

「應該還有一個必須陪在他身邊的人吧？」

孫和加藤睜大眼睛。我把拳頭舉到面前。

「我——想打倒那個人。」

孫微微地笑了。加藤把雙手交疊在腦後，開朗地說道：

「好主意，團長，就這麼辦。」

「是啊，我們來想辦法打倒那個人吧。別告訴圭吾。」

結論出爐了。雖然什麼都還沒做，卻有種大功告成的感覺，我帶著開懷的心情仰望夜空。只要和大家在一起，沒有做不到的事。你也這麼想吧？圭吾，所以才掄起拳頭。向大家證明吧。

我們永遠都是天下無敵、舉世無雙。

隔天，深夜十二點。

我換上牛仔褲加薄襯衫的輕裝，只帶著智慧型手機就離開家門。我戴上從口袋裡的手機延伸出來的耳機，播放〈Chain Gang〉。嘶啞的嗓音撼動心臟，鼓舞了士氣。

雖然天氣已經逐漸暖和起來，夜裡還是有些許涼意。我用布鞋鞋尖蹬了蹬柏油路面，在心中鳴槍，全速起跑，穿過幾乎所有店家都已經結束營業、拉上鐵門的阿美橫，進入上野公園，和下班回家的男人們擦身而過，一路奔向目的地。

不久後抵達了目的地噴水池廣場，搖晃的水面倒映著滿月。我和坐在噴水池邊緣的加藤對上視線，拿下耳機，把手機收進口袋裡。

「做好萬全的準備了嗎？」

「包在我身上，我已經做過一萬次意象訓練。」

我就裝作沒聽見他的聲音在發抖吧。我在他的身旁坐下，望著通往國立博物館的公園出口。過不了多久，那個人就會從那裡現身——每個星期都會在固定的某一天前往鶯谷的某家小酒吧小酌，帶著些許醉意穿過上野公園散步回家的那個人。

「可別失敗啊。要是失敗了，門牙會被全部打斷。」

「不要說得那麼寫實好嗎？用『被做掉』帶過就好了。」

「那也很寫實啊。」

「……是嗎？」

玩笑開過頭了。我正要補上一句「開玩笑的啦」，卻聽見一陣硬皮靴腳步聲，便閉上了嘴巴。加藤也同樣沉默下來，兩人僵著臉轉向同樣的方向。

那是個黑西裝融入夜色之中的油頭男子。

圭吾的父親，岡崎鐵雄。我一面感受撲通亂跳的心臟，一面拿出手機假裝在滑，並側眼看著岡崎走來，估算時機。十公尺，五公尺，三公尺……

——就是現在。

我站起來，邊看手機邊走到馬路上，從旁狠狠地撞上行走中的岡崎。撞上他的瞬間，腦海裡浮現牢牢扎根於地面上的大樹畫面，但我不管三七二十一，一鼓作氣擠過去。岡崎的巨大身軀晃了一晃，倒向地面，我也裝模作樣地叫道：「好痛！」故意跌倒。

岡崎站了起來，而我沒有，製造出岡崎俯視我、我仰望岡崎的構圖，以誘發他的攻擊欲望。

「你走路都不看路的啊！」

「對不起。」我咕咕噥噥地道歉。如我所料，毫無誠意的道歉等於是火上加油，岡崎抓住我的襯衫胸口，硬生生地拉我起身。

「瞧不起我是吧？」

「不，我沒有……」

我擺出拖泥帶水的態度。岡崎繼續威嚇：「你皮在癢啊？」「我宰了你喔！」過一會兒才說：「小心點，臭小鬼。」並放開了我。任務到此結束，我立刻離開岡崎身邊。

加藤則是和我交棒，站到岡崎面前。

岡崎皺起眉頭，加藤對他說道：「不好意思～」並拿出一個黑色的長方形扁平物體，在他面前揚了揚。

那是岡崎的皮夾。

「這個我就收下囉！」

加藤轉過身，拔腿就跑。見岡崎開始摸索西裝口袋，我也跟著加藤一起奔跑。我負責分散注意力，加藤順手牽羊——這就是戰士和盜賊的合體連續技。

「王八蛋～～～～～～～」

比剛才誇張數倍的怒吼聲響徹四周。回頭一看，岡崎追來了，臉上的表情活像地獄裡的惡鬼，完全符合「鬼抓人」遊戲的情境。糟糕，我們真的會被做掉。我拚命地揮動手腳，對並肩奔跑的加藤說道：

「跑快一點！」

「我已經用上全速了！」

「你明明是盜賊，居然跑得這麼慢！」

「我把點數全部加到靈巧度上了！」

起先我們預留了後路，即使被抓住也會有孫出面解救，可是後來我們改變計畫，派孫去執行別的任務。換句話說，這是最後一條命，我們只能逃到最後。

我們筆直穿越往右走是動物園、往左走是上野站的十字路口，全速跑過無人的上野公園派出所前方。前頭不遠處有座名叫「摺鉢山古墳」的小山丘，山頂就是這場鬼抓人遊戲的終點。

抵達古墳後，我一步跨兩階地衝上通往山頂的階梯，來到階梯盡頭的山頂廣場才放慢速度，手抵著地面跪倒下來。加藤也晚一步抵達，接著現身於廣場的則是滿臉通紅的岡崎。

岡崎倏地停下腳步。

一名少年倚著廣場中央的街燈而立，見到岡崎便輕快地動了。在朦朧的白色燈光照耀下，金髮和銀色耳環散發模糊的光芒。

「嗨。」

圭吾向岡崎——自己的父親打招呼。岡崎狠狠地瞪了圭吾身後的我和加藤一眼，用被菸酒茶毒的喉嚨發出嘶啞的嗓音。

「兔崽子，是你的朋友？」

「對，他們幫我把你引過來。」

兔崽子、你，實在不像是父子之間使用的稱呼。圭吾詢問我：

「孫呢？」

「我們成功逃脫，沒有他的用武之地。我現在就叫他過來。」

「是嗎？知道了。」

圭吾重新轉向岡崎，右臂水平伸直，用食指指著對方。

「決鬥吧。」

「啊？」岡崎喃喃說道。圭吾無視於他，一個勁兒說下去。

「我們打一場，如果我贏了，就讓我上高中。要是你不和我打，我可不敢保證會拿偷來的皮夾做什麼。裡頭應該有見不得光的名片吧？」

「……你在胡說什麼？你明明是要當流氓。」

「我現在就是在說，我不想接受這種安排。國中畢業的人連日語都聽不懂啊？」

岡崎的太陽穴開始抽動，我彷彿可以聽見血管爆裂的聲音。

「你找死啊？」

岡崎靠近圭吾一步，故意用皮鞋刮地面發出聲音，就像是猛獸用低吼威嚇敵人。然而，圭吾毫不畏懼。

「——從前只要你這麼做，我就會閉上嘴巴。」

圭吾放下手臂、垂下頭，握緊拳頭。

「我很怕你，一直任你擺布，有事沒事就挨揍，把人生全都交給你發落。不過，這樣的日子到今天為止。」

圭吾抬起頭來，雙眼充滿光芒。那是一個男人做好覺悟的表情。

「我再說一次，現在和我打一場，要是我贏了，就讓我上高中。我會把你那身只敢對小鬼耍威風還得意洋洋的膽小鬼外皮扒下來。」

岡崎把西裝外套扔向地面，右手握拳，用力撞擊朝向側面的左掌心。砰！清脆的聲音劃破空氣，充滿威嚇感的聲音鑽出了裂縫。

「看來要重新調教一下。」

岡崎豎起雙臂架在面前。圭吾瞥了我們一眼，微微一笑，像是在示意沒問題，並將拳頭擺在腰間，凝視著岡崎。

「接招吧。」

圭吾的右腳蹬地而起。

圭吾鑽進了岡崎懷中。

借助衝刺的勁道，右拳迅速打向岡崎。挾著風的拳頭被岡崎擋下，皮肉與骨頭發出鈍重的聲響。接著，圭吾揮出左拳，但同樣打中岡崎的手臂，比剛才更小的衝撞聲融化在潮溼的空氣中，消失無蹤。

圭吾打出右拳，岡崎不動如山；圭吾打出左拳，岡崎不動如山；圭吾打出右拳，岡崎不動如山；圭吾打出左拳，岡崎——

不對。

不是不動如山，是動彈不得。一旦動了，他的防禦就會瓦解，露出破綻。圭吾毫不遲疑地率先出手，成功製造出單方面攻擊的局面。

不過——

「……好像能贏耶。」

加藤的聲音高昂起來，可是我無法苟同。岡崎並沒有動、岡崎動彈不得，反過來說，圭吾也未能撼動岡崎。早在圭吾借助衝刺勁道揮出的右拳被輕鬆擋住的那一刻起，勝負就已經確定，剩下的都是餘興節目。

圭吾的額頭上浮現汗水。繼續打下去，也無法突破防禦——或許是做出了這番判斷，圭吾屈膝壓低身子，活用背肌的彈力，朝著岡崎的身體猛烈揮出右拳。

岡崎一個扭身。

圭吾的拳頭揮空了。岡崎用膝蓋攻擊圭吾拉長的身體，圭吾發出濁音般的嗚咽。就在圭吾摀著肚子蹲下來之際，岡崎給了他的臉一腳，原本要倒向前方的身體反而往後倒去。

圭吾撐起上半身，用手背抹鼻子，鼻血擴散到整張臉上，活像地方民族的化妝。岡崎繼續朝著染紅的臉使出前踢，圭吾倒向地面，閃過這一腳。岡崎緊接著又像踢足球似地大大抬起腳，圭吾連忙低下頭，縮成一團保護自己。

「怎麼！玩完了嗎！臭小鬼！」

岡崎踹著圭吾，一而再、再而三地踹著自己的兒子，自己的骨肉。砰、砰、砰！打肉的鈍重聲音隔著布料一次次地響起，又一次次地消失。

縮成一團的圭吾看起來宛若胎兒。蜷縮於羊水中的時候，圭吾是被愛的嗎？是在期望與祝福下誕生到這個世界的嗎？

「欸！」身旁傳來加藤的聲音。「我們不能幫忙嗎？」

我轉向身旁，只見加藤的肩膀在發抖。不是出於恐懼，而是出於憤怒。

「我們合力扁他老爸一頓，叫他老爸為了過去所做的一切道歉，這樣圭吾也能上高中，皆大歡喜。不能這麼做嗎？」

——這個提議太棒了，我舉雙手雙腳贊成，就這麼辦吧。

「當然不行。」

我用力咬住嘴唇。

「那小子在奮戰，我們也有我們自己的戰場，一切都還沒結束。」

我壓抑著湧上心頭的情感。我知道自己的聲音是往上飄的。

「我們要等到真的無計可施時才能出手。到時候大家合力把那傢伙打個半死，我才不管流氓會不會事後報復。」

圭吾搖搖晃晃地站起來，氣喘吁吁地揮出疲軟無力的拳頭。岡崎輕輕鬆鬆地躲開，毆打圭吾的側臉，又把他打倒在地。圭吾的身體倒落地面，揚起一片塵土。

「我說你啊，」岡崎毫不留情地踐踏倒地的圭吾。「為什麼想上高中？」

他一面用鞋底踩住圭吾的背，一面用下巴指著我們。

「如果是受那些朋友影響，你還是打消念頭吧。你們是不同世界的人。」

不同世界——木崎和黑澤說過同樣的話，如今岡崎又說了一遍。

「你過普通生活，只會被聰明人當成養分而已。你不想被吃掉吧？那就只能吃人。用別的方法，吃別的人。」

岡崎把腳從圭吾身上移開，有些落寞地撇開視線。

「變強。我們這種人要往上爬，只有這個辦法。」

聽了這番意外的話語，我有點心痛。原來岡崎也想當個稱職的父親，只是用錯了方法而已。或許岡崎的父母也沒有教過他正確的方法。

我明白岡崎的意思。

我也不是出身於能夠對人誇耀的家庭，父親拋棄了我，母親靠著賣身賺來的錢扶養我長大。這類人在社會上受的是什麼待遇，我並非不知道。

可是——

「……你試過了嗎？」

圭吾喃喃說道，站了起來，和一派從容地把雙手插在褲袋裡的岡崎拉開了些許距離。

「你試過在聰明人的世界裡奮戰，結果失敗了嗎？不是吧？只是一開始就認定自己做不到，放棄、逃避、自暴自棄而已。」

圭吾擺出戰鬥姿勢，緊握的拳頭後方是越發銳利的雙眼。

「不戰而逃的膽小鬼，少對別人的生存方式說三道四。」

我也跟著圭吾一起用力握住拳頭，手中充滿熱氣。希望圭吾也能感受到同樣的熱氣——我如此暗想。沒有道理，也沒有理由。

岡崎從褲袋裡拿出手，和我、圭吾一樣握住拳頭。他的表情與開打前受到挑釁時不同，看不出怒意，顯然已不把圭吾當成敵人，八成是在思考怎麼擺平對方。

「老公！」

這時，尖銳高亢的聲音劃破黑夜。

岡崎的戰意消失了。

看見從另一道階梯現身的人物，岡崎便鬆開拳頭、解除架式。圭吾也一樣放下手臂，但又立刻恢復為戰鬥姿勢，並依序看著闖入者身邊的孫、我和加藤，歪起嘴唇，彷彿在說我們多管閒事。

一頭扁塌的頭髮，身穿開襟襯衫和便宜牛仔褲，年紀應該和我媽差不多，看起來卻足足大上一輪的女人。

岡崎由香里。

圭吾的母親。

「妳——」

岡崎想說話，但是被圭吾的拳頭打斷，大大地咂了下舌頭。我和加藤走向茫然看著他們打架的圭吾母親，孫開口對她說道：

「伯母，您現在知道我不是在開玩笑了吧？」

毫無反應。不過，孫依舊淡然地繼續說道：

「他想超越父親，請您在場見證。我認為這是您身為母親的職責。」

「喝！」岡崎用粗若圓木的腿使出迴旋踢，圭吾腹部中腳，發出呻吟。圭吾的母親看著自己的孩子被自己的丈夫痛毆，用細若蚊鳴的聲音喃喃說道：

「……你在說什麼？」

我用力咬緊牙根。

「是你們慫恿圭吾的？是不是？」

妳為什麼——

「看看你們做了什麼好事！快叫他住手，不然——」

「閉嘴。」

我對圭吾的母親毫不保留地展露敵意。

圭吾母親驚訝地看著我，我本想冷冷地回望她，卻無法掩飾眼中的焦躁。滾滾湧上的怒氣讓我的腦袋變得一片空白。

就是妳。

我們……圭吾真正的敵人不是父親，而是妳。圭吾今天沒叫妳來，他原本打算瞞著妳戰鬥，妳只要接受結果就好。這樣太奇怪了。如果妳有盡到為人母的責任、有好好愛護圭吾，事情就不會變成這樣。

「妳一直袖手旁觀，對吧？」

我一字一句、咬牙切齒地擠出話語。

「一直默默看著他挨打，對吧？」

我被爸爸拋棄了，不過媽媽很愛我，所以雖然稱不上無憂無慮，但至少活得還算自在。可是，圭吾不一樣。

「既然這樣，現在就用不著假惺惺了。」

我啐道，把視線移回決鬥之上。滿臉是血、抖著肩膀喘氣的圭吾，和毫髮無傷、泰然自若的岡崎正在對峙。大勢已定，逆轉──無望。

「都把媽媽叫來了，不去找她哭訴嗎？」

岡崎挑釁圭吾。圭吾氣喘吁吁、斷斷續續地說道：

「不是我，叫她，來的。」

「怎麼？我還以為你是因為打快輸了，打算向她求救。」

「怎麼，可能？」

圭吾瞥了母親一眼，她的背部猛然一震。不過，圭吾又立刻把視線從母親身上移開。

「就算，我死了，媽也不會，有任何動作。」

圭吾母親軟了腳。

就像是發生小地震時失去平衡那樣，她的世界和價值觀都被圭吾的這句話撼動。加藤立刻插嘴介入這股動搖。

「妳無所謂嗎？」加藤的眼睛泛著些許淚光。「妳是媽媽耶！他那麼說，妳無所謂嗎？孩子覺得就算他死了妳也不在乎，妳無所謂嗎？」

圭吾母親垂下頭來，細若枯枝的手捏著大腿。

「我覺得……」孫像是自言自語似地說道：「如果我死了，我媽應該會哭。」

圭吾母親捏得更加使勁，褪色的牛仔褲上出現皺褶。我張開嘴巴，但是終究什麼也沒說，而是望向圭吾。

圭吾揮拳攻擊岡崎，他的拳頭慢到連我都躲得開，可以看出他已經瀕臨極限。岡崎輕鬆鬆地躲開圭吾的拳頭，給了他的心窩一記反擊鐵拳。圭吾嘔出了夾帶血絲的嘔吐物，倒向地面。

岡崎走向倒地的圭吾，圭吾一動也不動，但岡崎毫不留情地抬起右腳，準備踹他。

「住手～～～～～～～！」

晚風輕撫我的臉頰。

其實那不是風，而是從我身旁飛奔而出的圭吾母親引發的氣流，我是在她衝到岡崎的腳和圭吾之間才察覺的。岡崎瞪大眼睛，來不及收腳，皮鞋鞋尖嵌進了妻子的身體。尖叫聲響徹廣場。岡崎不悅地皺起眉頭，質問撲倒在圭吾身上的妻子：

「妳在搞什麼鬼？」

圭吾母親坐起身子，蹲在圭吾身邊撫摸他的頭，金髮變得凌亂不堪。她那戰戰兢兢的動作不知何故，讓我有點想哭。

「……不知道。」

她的手停住了，話語卻沒有停。

「不知道，我真的不知道自己想做什麼。我是空心菜，沒有自我，所以才會變成這樣。不過，今天我發現一件事。」

圭吾母親緩緩站起來，筆直凝視著岡崎，自己的丈夫。

「我希望圭吾把我當成母親，不是生下自己的女人，不是住在一起的同居人，而是母親。所以我要站在圭吾這一邊。我要支持的不是向來強勢的你，而是試著變強的圭吾。就算我必須離開你，就算只有我一個人。」

她的眼角落下一行淚。

「要是圭吾死了，我真的會很傷心。」

了結。

這兩個字浮現於腦海中。問題並沒有解決，圭吾輸給父親，不能上高中。不過，一切都結束了。看見圭吾母親的淚水，我有這種感覺。

預測和計畫都成真了。圭吾沒能打倒眼前的敵人，可是打倒了更強大的敵人。拚命奮戰的圭吾打動了母親的心。

——辛苦了，圭吾。

我看著圭吾。圭吾不知幾時間醒過來，用手抵著地面撐起上半身，抬起頭來，把臉轉向互相凝視的父母——

充滿鬥志的雙眼銳利地瞪著他們。

——啊！

瞬間，我察覺自己的錯誤。這是理所當然的，事情才不會這樣了結。我居然忘記對我們而言最重要的是什麼。

我和圭吾是不同世界的人，或許就像淡水魚和海水魚一樣，命中註定會分道揚鑣。即使如此，現在我們一樣是國中生，所以他心裡在想什麼，我一清二楚。

抱歉，圭吾，一點也沒錯。

打架打到一半，父母跑出來搞定一切，確實是遜到極點。

「妳是要跟我離婚？」

「如果有必要的話，我會這麼做。」

「那妳要怎麼——」

圭吾像彈簧一樣一躍而起，並順勢鑽進岡崎的懷裡。岡崎察覺到圭吾的舉動，瞪大了眼睛，但他來不及防禦，毫無防備的下巴吸引了圭吾的拳頭。

啪！

硬物碎裂的聲音響起，大概是骨頭吧。不過，我覺得是鎖鏈。Chain Gang。被鎖鏈鎖住的囚犯現在正要重獲自由。

岡崎晃了一晃，往後倒下，巨大的身軀撞擊地面的聲音響徹夜晚的公園。就在我、孫、加藤和圭吾的母親全都啞然失聲之際，圭吾俯視著岡崎，使盡渾身之力，用血淋淋的嘴巴咒罵：

「你太大意了！白～～～～～～～痴！」

昏厥的岡崎沒有反應，加藤則是咯咯竊笑。圭吾嘟起嘴巴，沒好氣地問道：

「有什麼好笑的？」

「因為啊，好不容易快圓滿收場了，你卻搞這齣，你爸醒來以後要是抓狂，就全部泡湯了。你到底在做什麼？」

「囉嗦，打這場架的是我，我愛怎麼做就怎麼做。」

加藤聳了聳肩，我和孫笑了起來。圭吾瞥了母親一眼，瞇起紅腫的眼睛，對我們說道：「抱歉。」他豎起大拇指，指著岡崎。「接下來是我的家務事。」

——知道啦。既然你這麼說，我們就收工了。

「事情結束以後記得聯絡我們。」

我背對圭吾，和孫、加藤一起走下階梯。走著走著，我不經意地仰望夜空。月亮在薄薄的雲層後頭散發著淡淡的光芒，即將拆掉固定器的鼻子不知何故開始抽痛起來。

隔天，圭吾沒有聯絡我。

他也沒有聯絡孫、加藤和公主，我只當作他「忙著養傷」。老實說，我甚至打好了訊息：『後來怎麼樣了？』只差沒傳送出去，但我最後還是忍下來。我交代他「記得聯絡」在先，事後又主動探問，這樣太遜了。

又過了一天。

我一如平時，在遲到邊緣的時間到校，來到了樓梯口，突然感到好奇，便窺探圭吾班級的鞋櫃，鞋櫃前空無一人。圭吾的鞋櫃是哪一格？找著找著，突然有人把手放到我的肩膀上。

「你在幹嘛？」

期待已久的聲音傳入耳中。我回過頭，正要叫圭吾的名字，卻叫不出來。意料之外的模樣令我啞口無言。

黑髮。

比我被木崎痛毆後更加慘上三倍的臉上，是運動員風格的清爽黑色短髮，而且沒有戴耳環。不只如此，我穿的立領制服至少還有兩顆鈕釦沒扣，可是圭吾居然全都扣上了。「太極端了吧！」我努力克制想笑的心情，圭吾則是一臉不悅地說道：「你差點笑出來了，對吧？」

圭吾從書包裡拿出室內鞋。看到他的室內鞋不是從鞋櫃裡拿出來，我才想起這是他本年度頭一次來上學。

「哎，算了，我自己也笑了。這種髮型活像國中生，雖然我本來就是國中生。」

我不是因為髮型，而是因為鈕釦全部扣上才想笑的，不過我沒說出來。圭吾抓了抓後腦杓，視線微微從我身上移開。

「我可以上高中了。」

我「咦？」了一聲。圭吾靦腆地繼續說道：

「只不過我真的完全沒在念書，在校成績也沒救了，再這樣下去，根本考不上像樣的高中。所以啦，你要教我功課啊。要是到最後升高中的考試全軍覆沒，我只能去當流氓，那就太遜了。」

圭吾要我教他功課，糟糕，真的太好笑了，我無法克制笑意。

「嗯，包在我身上。」

「謝啦。話說在前頭，我連九九乘法都背不熟。」

「……你還是拜託孫好了。」

「誰教都可以。」

圭吾把書包扛在肩上，背過身去。

「只要有你們在，一定沒問題。」

圭吾踩著響亮的腳步聲離去，彷彿要蓋過這番話。我目送他的背影消失在樓梯之後，才換上室內鞋，走向教室。上課鐘聲響完時，我已經入座，保坂也隨即現身，開始開班會。

我從窗戶迷迷糊糊地仰望天空。圭吾找到了自己的路，那我呢？望著活像浮空大陸的雲朵，我一反常態地思考起這個問題。

——將來的夢想。

我拿起自動鉛筆，把想到的夢想寫在桌上。看著化為文字的夢想，我覺得「還不壞」。下一瞬間，我從立領制服裡拿出手機，在桌子底下傳訊給公主：『今天可以去找妳嗎？』

放學後，我把圭吾的事情告訴公主。

我們並肩坐在沙發上聊了許久。不光是圭吾可以上高中的事，我還鉅細靡遺地描述深夜的上野公園裡舉行的決鬥。待我說完以後，公主深深地倚坐在沙發上，一臉幸福地輕喃：

「我要快點把『武鬥家圭吾大獲全勝！朝著充滿希望的未來Ready GO！』寫下來。」

「妳真的要用這個標題？」

「是本人要求的啊。浩人，如果你也想指定標題寫自己的故事，跟我說一聲。」

經公主這麼一說，我才察覺。公主有寫日記的習慣，這代表我如果把「將來的夢想」告訴公主，八成會被記錄在「冒險之書」上，到時候，就不能打退堂鼓了。

——這樣正好。

「欸，」我對公主投以真誠的視線。「我也思考過將來的夢想了。」

公主眨了眨眼，輕輕地歪頭問道：

「不是『超級巨星』嗎？」

「……那是開玩笑的，忘了吧。」

「不知所云，很有趣啊。你怎麼會寫『超級巨星』？」

不知道，去問國二的我吧，雖然問了應該還是不知道。

「哎，算了。你的新夢想是什麼？」

我調整呼吸，從喉嚨深處的深處，靈魂所在的地方釋放話語。

「『醫生』。」

公主一反常態，意外地瞪大眼睛。我對著這樣的公主笑道：

「我會治好妳的『返月性症候群』。」

公主回以僵硬的笑容。考量到諸多因素，無法露出滿面笑容，但要說高不高興，當然是高興——大概是這種感覺。

「當醫生很花錢耶。」

「國立醫學系的話，應該沒問題吧。」

「國立醫學系的偏差值很高耶。」

「我會努力的。首先要好好用功，考上好高中。這是夢想，目標當然要訂得遠大一點。」

「只有一點嗎？」

公主露出意有所指的笑容，意味深長地問道：

「你要聽我將來的夢想嗎？」

公主的將來。

總有一天會回到月亮上——曾經這麼說過的公主，要談論自己的將來。我壓抑著動搖回答：「好啊。」公主用手指把玩假髮，幽幽地說道：

「我的夢想因為你的關係，得延後實現了。」

「因為我？」

「對。如果你沒出現，本來最快明年就能實現，可是現在要再等三年。」

「為什麼？」

「因為法律是這麼規定的。」

公主倚向我，消毒液的味道撲鼻而來。

「知道是什麼了嗎？」

我搖搖頭。公主誇張地嘆一口氣，把臉湊近我的耳朵，對我的耳垂吐出潮溼的氣息。

「『新娘』。」

我猛然轉向公主。女性是十六歲，男性是十八歲可以結婚。我回想著不知從哪學來的知識，公主用甜美的聲音對我呢喃：

「你要負起責任喔。」

——用不著妳說。

我伸手環住公主的肩膀，把臉湊向公主的臉，宣示成為下一任月亮國王的覺悟。就在我和公主的嘴唇接觸的同時，現任月亮國王正好走進病房。

第三章　魔法師之詩

1

五歲的夏天，我畫下了國境線。

那是個熱到全世界的海洋都快被曬乾的大晴天，我帶著自己收集的恐龍軟膠玩偶到附近的公園，用沙坑替它們打造立體布景。我用沙子堆出小山，插上樹枝打造森林，蓄水製造湖泊。就在我抱著「創世紀」之神般的心態享受小小的創造世界樂趣時，不知幾時間，一個與我年齡相仿的小男孩提著裝了水的紅色塑膠水桶來到沙坑，並用小手舀水打溼我堆起的沙山。

「你在幹嘛？」

「挖隧道。」

啪噠、啪噠，小男孩用潮溼的手固定沙山。仔細一看，就像我帶了裝滿恐龍軟膠玩偶的籃子一樣，小男孩也帶了塞滿塑膠電車的籃子。他是想挖隧道讓電車通行——我立刻察覺這件事，並暗想「別開玩笑了」。

「別弄了。」

我把小男孩從沙山邊拉開。小男孩跌坐在沙子上，我則是把腳伸到倒地的小男孩面前，用鞋尖在沙坑上畫出一條線。

「你不要超過這條線。」

我背向一臉錯愕的小男孩，繼續創造世界。不久後，小男孩也在線的另一頭開始創造自己的世界。這邊是暴龍和三角龍橫行的白堊紀，那邊是山手線和小田急線疾馳的現代。分隔兩個世界的線，正是我替自己畫下的國境線。

世界上第一個畫下國境線的人，應該也是這種感覺吧。

想要創造專屬於自己的世界，所以畫下界線，完全不在乎線的另一頭如何，只是不想被打擾而已。那個人自私自利、自我中心，又單純得足以與五歲的我匹敵，所以他一定沒發現——

人類是種聰明至極，卻也麻煩至極的生物。

第一學期的最後一堂班會課結束了。

接下來就放暑假了，充滿解放感的教室裡吵吵鬧鬧的。班上最受歡迎的男生豎起指頭詢問：「有誰要去唱ＫＴＶ？」班上最受歡迎的女生立刻發出比平時高三個八度的聲音報名：「我要去！」我突然想起之前流氓老大說的「很耀眼、很煩人、很想痛扁一頓」。

我扛著書包走出教室。每間教室都像在辦廟會一樣熱鬧，不過走廊上沒幾個打算回家的學生。大家嘴上雖然嚷嚷著「終於要放假了」，但其實很喜歡學校。令人討厭的不是學校本身，而是——

「七瀨。」

回頭一看，班導保坂正板著臉孔看著我。沒錯，令人討厭的是這種傢伙。

「有什麼事嗎？」

「你暑假時打算怎麼念書？」

——又來了。

我險些咂舌。自從在出路調查中回答我想當醫生，又把志願學校改成偏差值較高的公立明星學校以後，保坂就三不五時對我嘮叨。一下子說「對手都有補習，你要比別人更努力三倍」，一下子說「在校成績越高越好，所以平時要保持品行端正」，根本是在削減我的幹勁。

「其他人都有參加補習班的暑期輔導，你有什麼打算？」

「我要請朋友教我功課，就是四班的——」

「哦，孫梁啊。」

保坂點了點頭。不愧是全校第一名，知名度高到光靠「我的朋友」、「教我功課」、「四班」這幾個關鍵字就猜得出來。

「對。他也沒補習，可是成績很好。」

所以不去補習也沒問題——我加上這般弦外之音，把話扔回去。

保坂垂下肩膀，嘆了口氣。

「你一定覺得老師很嘮叨吧。」

當然啊——我雖然這麼想，卻沒說出口。

「我的確很嘮叨，這點我承認。不過，我不是在開玩笑，也不是在誇大其辭，勝負真的取決於這個夏天。你一直有冷眼旁觀、不正面面對事物的傾向，現在有了目標，我身為老師，也想替你加油。」

我驚訝地睜大眼睛。

保坂說要替我加油。不，他是班導，替學生加油是理所當然的，可是我從沒想過他會對我說這番話。莫非先前媽媽說得沒錯，他真的是個好人？就在我開始思考這個問題時，保坂把手放在我的肩膀上，微微一笑。

「所以你要小心。」

聽到下一句話的瞬間，一時受感動而要敞開的心房，又像是用焊槍焊接起來一般，再次牢牢地封閉了。

「凡人模仿天才，只會以失敗收場。」

「他沒說錯啊。」

放學後，騎士團四人和公主在公主的病房裡圍著桌子用功念書。聽我吐露對保坂的怒氣之後，加藤劈頭就是這句話。我嘟起嘴，但是沒有反駁，因為他確實沒說錯。就是因為沒說錯，所以才不爽。

「孫不是說過質因數分解『只要看算式的形狀就知道了』嗎？聽了那句話以後，我就覺得自己跟不上了。什麼叫算式的形狀啊？明明都是數字啊。」

「意思是國中的因數分解模式不多，靠感覺就知道了。」

「我就是在說不懂那種感覺。」

加藤用手指轉動自動鉛筆。他不只是轉動而已，自動鉛筆有時候會通過手指之間，有時候會反轉，加了許多花樣。真是個靈巧的傢伙。

「孫同學頭腦真的很好，暑假作業大概一天就寫得完了吧。」

身旁的公主如此稱讚孫，讓我很不是滋味。在不補救功課便上不了像樣高中的圭吾，和為了成為醫生而立志考上高門檻學校的我要求之下，我們舉辦了定期讀書會。自此以來，孫在公主心中的評價便水漲船高。由於孫也會順便教公主功課，月亮國王——也就是公主的父親也對孫讚譽有加，甚至還說出「要交男朋友怎麼不選那個戴眼鏡的？」之類的話，真令人無法接受。

「欸，」圭吾打開參考書，靠向加藤。「這題我不懂。」

加藤窺探圭吾的參考書，表情隨即染上驚愕之色。

「……你是認真的？」

圭吾從小學的功課開始重新學起，最近總算進入國一的單元。由於水準完全不同，我是向孫，圭吾則是向加藤求教，讀書會也是這樣分組。他到底問了什麼問題？我很好奇。

「浩人，集中精神。」

公主用筆記本敲我的腦袋。我雖然暗想：「別把我當小孩。」但要是說出口又顯得孩子氣，只得繼續用功。不一會兒，我碰上自己思考的話，想到地球毀滅也想不出答案的問題，便呼喚孫：

「欸，孫。」

孫在滑手機，沒有回應我。「孫。」我拉高聲音，他這才回過頭問：「幹嘛？」而教完問題的解法以後，他又開始埋頭滑手機。我半開玩笑地詢問：

「女朋友？」

「嗯，對。」

轉動的自動鉛筆脫離加藤的手指。

飛出去的自動鉛筆撞上圭吾的臉，圭吾嘀咕一聲「好痛」，接著，自動鉛筆掉到桌子上，喀茲一聲彈起來，最後落到地板上。加藤用手撐著桌面，探出身子，說出了孫以外所有人的心聲：

「怎麼沒跟我們說！」

我在心中深深地點頭。這是我頭一次如此贊同加藤。

「沒什麼好說的吧？」

「當然要說！最近才有人因為沒說不上高中而和大家吵架耶！」

「兩件事的重大程度不一樣吧？」

「話是這麼說啦！」

加藤吁了口氣。

公主興致勃勃地詢問孫：

「在哪裡認識的？是個怎麼樣的人？」

「是在網路遊戲上認識的，聊著聊著覺得很合得來，又知道彼此住得很近，就約出來見面，後來就交往了。」

換句話說，是上網釣到的女人。這小子長得一副人畜無害的模樣，沒想到挺有兩把刷子的。

「年齡呢？」

「小我一歲。」

「有照片嗎？」

「有。」

孫把手機遞給公主，公主興奮地說：「啊，好可愛～」我、圭吾和加藤也跟著窺探手機，是個留著及肩的蓬鬆短鮑伯頭，雙頰圓潤，令人印象深刻的稚氣女孩。

「……好可愛。」

加藤心有不甘地喃喃說道，這也難怪。我有公主，圭吾早就破處了，現在連孫都交到女朋友。

「下次帶她過來嘛。」

「好啊。我曾跟她提過你們，她也說想和你們見面。」

「這樣啊，那乾脆約在外面見面好了。她喜歡什麼？」

公主和孫聊得很起勁。女生為什麼這麼喜歡談戀愛話題？我有點傻眼，繼續用功，隨即又碰上再投胎三次也解不出來的問題，只得向孫求助，公主和孫的話題就這麼結束了。當時並未說好孫要什麼時候帶女朋友來，我覺得順其自然就好，沒放多少心思在上頭。

不過，機會來得意外地早。

『輝夜姬騎士團緊急召集令：

【對象】全員。

【任務】討論魔法師的伴侶問題。』

公主傳來這則訊息，是在七月底的時候，我們在公主的病房裡與孫的女友椿山安奈照面的隔天。她是就讀都內私立中學的二年級生，講話有點大舌頭，明明還是個國二生，胸部卻很大。我是不討厭她啦，不過她應該是會被女生討厭的類型。

發出召集令的雖然是公主，要求召集的卻是孫，一問之下，才知道事情是起於椿山同學。聽完坐在沙發上的椿山同學說明原委之後，加藤整理了一下內容。

「呃，換句話說……」加藤微微歪起頭。「椿山同學的爸爸因為孫是中國人而討厭他，要你們分手，所以椿山同學希望我們想個辦法？」

椿山同學點了點頭。她把手盤在胸部底下，扭扭捏捏地說道：

「我爸爸向來沒理由地討厭中國和韓國，還有，他對網路也有偏見，所以無法接受我和網路上認識的中國人交往。可是……」

椿山瞥了身旁的孫一眼。

「我覺得孫同學比日本人更像日本人。他很冷靜，有禮貌，比我還會挑魚刺，只要深入交往，爸爸一定也會明白的，所以我希望大家幫幫忙。有日本人朋友，對我爸爸來說應該也有加分。對吧？孫同學。」

孫露出為難的笑容回答：「是啊。」我環顧在場的面孔：妓女的兒子、流氓的兒子、搞怪名字、月亮公主，這樣真的會加分嗎？我倒覺得會扣分。

「妳要我們幫忙，是要怎麼幫？」

圭吾粗魯地問道，椿山同學有些畏怯。尤其是這傢伙絕對不行，鐵定會扣分。如果椿山同學的男朋友是圭吾，一定無關國籍，立刻被打回票。

「方法已經想好了。」公主代替椿山同學回答：「你們看看這個。」

公主從孫的手中接過平板電腦，放在沙發前的桌子上。我、圭吾和加藤三人一起窺探畫面。

『搭乘巴士輕鬆遊東京　國會議事堂與靖國神社參拜　半日遊』。

那是搭乘大型巴士遊東京的觀光行程導覽網頁。我把臉從平板電腦抬起來看著孫，只見孫疲倦地垂下肩膀，身旁的椿山同學則是意氣風發地說道：

「我、孫同學和爸爸都會參加這個行程。這是為了讓爸爸多了解孫同學的計畫。」

「不，可是，靖國……」

「……行程是爸爸決定的。」

椿山同學垂下頭來。在沉重的氣氛中，圭吾若無其事地問：

「去神社有什麼問題嗎？」

——你是說真的嗎？真虧你這樣還想當流氓。或許是我的偏見，不過幹那一行的大多是右派吧？

「乾脆別理妳爸爸不就行了？又不是馬上就要結婚。」

「不行啦！」

椿山同學猛烈地反駁加藤這番話。

「爸爸對自己看不順眼的事真的很囉嗦，再這樣下去我會被疲勞轟炸，更重要的是，用國籍判斷一個人是不對的。我希望爸爸能夠透過孫同學改掉這個毛病！」

椿山同學氣呼呼地說道。這種父女問題留給父女之間解決就行了吧？不過，或許就是因為無法解決，才找我們幫忙。

「總之，」公主重新來過。「孫同學他們會搭乘這輛巴士，而椿山同學希望我們也能一起去，支援他們。如何？」

這下子可傷腦筋。我自己都不擅長和人交流了，現在居然叫我去促進別人交流？加藤一面沉吟，一面說出自己的意見。

「我覺得太多人去也不好。」

「這一點我也同意，搞不好會反客為主。」

「那我就不去了，反正我沒錢。」

圭吾搶先逃亡，加藤立刻跟上。

「我也不去好了。浩人，你們兩個一起去吧？就當作是雙重約會。」

雙重約會——聽到這個名詞，公主的眼睛頓時亮起來。

「對喔。那我們兩個一起去，順便約會吧。」

加藤回答「就這麼辦」，並在一瞬間轉向我，露出勝利的笑容。你給我記住，矮冬瓜。

「謝謝！麻煩你們了！」

椿山同學大大地低下頭來，接著又抱住孫的手臂，元氣十足地說：「加油吧！」而孫只是繼續露出為難的苦笑。

2

觀光巴士分為上午班次和下午班次，我們搭乘的是上午班次。從東京車站出發，前往國會議事堂，並到靖國神社參拜之後，再回到東京車站，沿途似乎還會在皇居周邊繞一圈。光從選擇這種「純日本」行程，就可以感受到椿山同學父親滿滿的惡意。

當天，我、公主和孫在約定時間的三十分鐘前就來到集合地點的東京車站丸之內南口。這是因為公主說：「考量伯父的性格，很可能會提早來，然後挑剔比自己晚到的人說『中國人就是不守時』。」公主的預測似乎正確無誤，距離約定時間還有十五分鐘，穿著無袖條紋洋裝的椿山同學便和髮際線往後退的壯碩男子一起出現了。

「早安。」

椿山同學向孫打招呼，孫也開朗地回答：「早安。」身旁那個看似父親的男人連眉毛也沒動一下。男人有一種專業工匠氣質，但是不是工匠我就不清楚了。

「您好，伯父。」

孫先開口打招呼。男人——椿山爸爸的嘴唇動了。

「我叫孫粱，和令嬡——」

「椿山大吾。」

猶如厚重牆壁的聲音打斷孫的自我介紹。

「你可以叫我『椿山先生』或『大吾先生』，但是別叫我『伯父』，知道吧。」

語尾沒有上揚。不是「知道吧？」，而是「知道吧！」。不是確認，而是命令。

「下次再叫我『伯父』，我就回家了。」

椿山爸爸盤起手臂，端起架子——這種氣氛該怎麼處理？這個大人比我想像中更沒大人樣。

「椿山先生。」公主站上前去。「我是孫同學的朋友，叫做相馬望。」

公主微微一笑，椿山爸爸的眼角微微下垂了。這就是女生的力量。

「我生了很重的病，不能上學，多虧孫同學教我功課。您應該也聽令嬡說過，孫同學頭腦很好。」

原來如此，要這樣做啊。公主往旁邊移動，將椿山爸爸正前方的位置空出來。

「這是我的男朋友，也是介紹孫同學給我認識的人。」

我站到椿山爸爸的正前方，先打了聲招呼：「幸會，我叫七瀨浩人。」並打算隨意找些頭腦好、為人和善、射擊遊戲玩得棒之類的優點來稱讚孫。

可是，對方比我快上一步。

「你是日本人嗎？」

我險些反射性地反問：「啥？」好不容易才忍住。

「……什麼意思？」

「我以為你們是『同類』才會交朋友。雖然名字聽起來像是日本人，不過也有可能是化名。」

一股火冒了上來。

灼熱的怒意侵襲全身。和中國人交朋友，就不是日本人嗎？那你那個和中國人交往的女兒又算什麼？認清現實吧！禿頭。我是不折不扣的——

——唔？

我爸爸是日本人嗎？

「……我應該是日本人。」

椿山爸爸皺起眉頭，椿山同學慌慌張張地告訴父親：「之前我也說過，今天他們要跟我們一起去。」接著，椿山父女和孫便開始說話了。公主拉著我的手臂來到離三人有段距離的地方，有些生氣地問我：

「你幹嘛說『應該』啊？」

「因為我不知道我爸是不是日本人。」

「就算不知道，也要說是日本人啊！」

「浩人，你的國籍是日本沒錯吧？」

說得有理。我沉默下來，公主無奈地聳了聳肩。

「應該是。不過這單純是國籍的問題嗎？仔細想想，是不是日本人，是個很模稜兩可的問題。妳沒思考過這個問題嗎？」

「沒有，因為我是月球人。」

——對喔，她不是活在這種層次的人。

「模稜兩可是當然的。」

公主撩起頭髮，憂鬱地瞇起眼看著孫。

「因為世界上本來是沒有國界的。」

我也循著公主的視線望去。面露禮貌性笑容的孫，和板著臉孔的椿山爸爸。每個人眼中的世界不盡相同，不知道那個男人眼中的世界是什麼模樣？戴著眼鏡、弱不禁風的國中男生看在他眼裡，就像是長著漆黑翅膀、試圖毀滅世界的惡魔嗎？

「走吧，我們是來支援的。」

公主邁開腳步，我也追上去。孫看見我們走來，露出安心的笑容。看在我眼裡，他實在不像試圖毀滅世界的惡魔。

☾

我們搭乘的巴士有兩排雙人座，我們分成我和公主、椿山父女、孫三組入座。在事前的作戰會議中，椿山同學希望安排父親和孫坐在一起，被我們全力阻止。

「只要他們兩個好好談談，一定可以了解彼此。」椿山同學完全不顧現實，如此堅持，我似乎明白孫看起來格外疲倦的理由了。

巴士自東京車站出發，通過皇居前廣場，前往國會議事堂。經過警視廳前方時，椿山爸爸問：「那裡也有你的指紋嗎？」孫回答：「在日外國人的指紋捺印制度在二〇〇〇年廢止了，就算沒廢止，十六歲以上才要捺印，我並不是適用對象。」如果這是考試，這鐵定是滿分的模範解答，但是椿山爸爸非常不滿地歪起厚嘴唇。

抵達國會議事堂以後，我們下了巴士。車掌一面解說，一面帶領乘客前往議場所在的建築物。我和公主手牽著手，孫和椿山同學卻因為顧慮在旁邊盯著他們的椿山爸爸而沒有牽手。我壓低聲音對公主說道：

「有女兒的父親都是那個樣子嗎？」

「才沒有呢，看看我爸爸就知道了。」

「……妳是在說笑吧？」

「當然。」

當我們魚貫走上裝潢氣派的階梯時，車掌開始述說國會議事堂的歷史。明治二十三年，初代議事堂落成於日比谷，之後因為漏電而燒毀，在原地建造了第二代議事堂。在第二代議事堂使用期間，為因應戰爭所需，又在廣島建造臨時議事堂。

「甲午戰爭的預算就是在廣島的議事堂通過的。」

這在社會課上也教過。日本和中國的戰爭，贏的是日本。

「就是那場以為喚醒的是睡獅，其實只是隻貓的戰爭啊。」

椿山爸爸挑釁孫，孫露出含糊的笑容帶過，可說是十分和平且友好的日本式解決紛爭法。

但是，這麼做卻收到反效果。

「喂！」椿山爸爸質問孫：「自己的國家被嘲笑，你居然還嘻皮笑臉的？」

簡直是蠻不講理。向別人找碴，對方沒有隨之起舞，就雞蛋裡挑骨頭：「你為什麼沒反應？」這根本是小混混的行徑。

「我是在日本出生長大的……」

「所以沒有愛國心，是吧？真是沒骨氣的男人。」

公主用力握住我的手，這是「去幫忙」的暗號。不過，在我們幫忙之前，椿山同學先一步插嘴說道：

「爸爸，別這樣。孫同學的國籍雖然是中國，內在卻是日本人。中國久久才去一趟，當然產生不了愛國心囉。對吧？」

椿山同學對著孫微微一笑，孫則是對她回以剛才向椿山爸爸露出的含糊笑容。椿山爸爸一臉不快地哼了一聲。

「不愧是『上有政策，下有對策』的人民，缺乏對國家的忠誠。」

聽見突然冒出的神祕格言，孫睜大眼鏡底下的眼睛，有些開心地對椿山爸爸說：

「您知道中國的諺語啊？真厲害。」

這句坦率的話語似乎讓椿山爸爸有些措手不及，微微縮起下巴。

「你們國家的人不是常說嗎？『知彼知己，百戰不殆』。」

「您知道這句話還有下文嗎？『不知彼而知己，一勝一負；不知彼，不知己，每戰必殆。』」

「我知道。中國的古人很有頭腦，現在連個影子都看不見了。」

「甚至還有人主張《武經七書》中的《孫子》思想經過融會貫通以後，就是現代經濟學的賽局理論呢。」

《武經七書》，賽局理論——這是咒文嗎？不，不要緊，至少我知道《孫子》是什麼，還比圭吾好一點。應該是吧。

椿山爸爸凝視著孫，那是在評斷一個人的視線。不一會兒，其他團客逐漸超前，椿山爸爸也轉過身，自言自語似地喃喃說道：

「我承認你的頭腦也很好。」

他誇獎了。一個對中國過敏的男人，誇獎了中國籍少年，這是一大進步。雖然未來的路還很長，但至少現在在這個絕望的作戰中看到一絲光芒。

椿山爸爸跟著其他團客離開了。椿山同學握住孫的手，興奮地說道：

「孫同學，你好厲害！爸爸很少稱讚人的！」

孫露出靦腆之色。從早上一路持續的那種令人喘不過氣的氛圍稍微緩和下來。

椿山同學豎起右手食指，望著孫的臉龐開口：

「孫同學，我有個問題想問你。」

「什麼問題？」

「剛才你們提到一句爸爸常說的話，我一直不懂，現在是個好機會，我想知道那是什麼意思。」

「好啊，我教妳。」

孫得意地挺起胸膛。我想起「上有政策，下有對策」這句中國諺語。的確，我也沒聽過這句話，雖然大概猜得出意思。

「就是……」

大舌頭的聲音響徹鼓膜。

「『孫子』是什麼？」

椿山同學是個蠢蛋。

在議場，她詢問：「中國哪個政黨最大？」孫回答：「共產黨以外的都是附屬品。」她接著又問：「哦？為什麼？」孫回答：「因為是實行共產主義。」其他像是聽到車掌提到伊藤博文時說：「是製作日本地圖的人嗎？」聽到議事堂的右邊是參議院，左邊是眾議院時說：「所以參議院是右派，眾議院是左派囉？」簡直是口無遮攔。每問一個問題，孫就越發疲憊，椿山同學卻越發有精神，看起來活像是吸取他人知識成長的怪獸。

不過，這陣蠢蛋旋風對於作戰也發揮了絕佳效果。椿山爸爸顯然困惑不已。光看他是事後才知道女兒上網找男友，就可以猜出他平時大概不太關心女兒。每當看到孫回答女兒提出的蠢問題，椿山爸爸便露出明顯的慚愧之色，最好的證據是隨著參觀行程推進，他對孫疾言厲色的情形就越來越少。

不久後，國會議事堂的參觀行程結束了。最後有段休息時間，我、公主和孫以上廁所為藉口，離開返回巴士的椿山父女身邊。進入禮品店所在的小建築物，孫一往長椅坐下就大大嘆了口氣，坐在右邊的我對他說：

「你不知道她是蠢蛋嗎？」

「……因為她不常在那種場合發言。」

「大概是來到這種充滿知性氣息的地方，知識欲受到刺激吧。」

坐在左邊的公主喃喃說道，一副事不關己的態度。孫再度嘆了一大口氣。真可憐，不過草率和網友交往的他也有問題就是了。

「哎，以後你教她就行了嘛。再說，多虧這一點，那個臭老爹的態度開始軟化，很好啊。」

我拍了拍孫的背部。孫有氣無力地回答「是啊」，有種舉棋不定的感覺。

「欸，」公主問道：「你為什麼不想跟椿山同學分手？」

孫縮起來的背肌微微地動了。

「有那種爸爸很麻煩吧？的確，我也覺得椿山同學很可愛，可是以你的條件，要交到新女友很簡單，我可以掛保證。不能『這次就算了』嗎？」

孫動了動嘴唇，活像在咀嚼空氣。他一嚼再嚼，嚼了好幾次以後，總算吐出話語。

「我爸爸……」孫的嘴角浮現落寞的笑容。「年輕時曾經和日本女人交往過。」

孫的父親，中華料理店「大連樓」的店長。那張在廚房裡甩著炒鍋的英挺側臉浮現於我的腦海中。

「他是在喝醉時跟我說的，當時只有我們兩個人。他說，雖然對媽媽過意不去，可是在他的人生中，他最喜歡的就是那個女人。他們本來打算結婚，要去拜訪女方的父母。爸爸對那個人發誓，無論怎麼被打、被踹、被辱罵，都絕不會放棄，要女方放心跟著他。女方喜極而泣，彼此許下誓言，無論發生什麼事，都要共度幸福的人生。」

絕不會放棄，無論發生什麼事，都要共度幸福的人生——我們都知道，這個約定並沒有實現。

「聽說，他還特地研究用什麼姿勢才能長時間跪地磕頭，很好笑吧？可是真正好笑的是結局。你們知道他做好充分的準備去女方家拜訪以後，發生了什麼事嗎？」

我搖了搖頭。孫垂下頭來，將正確答案丟下地板。

「結果反而是他被磕頭。」

掉落地板的話語彈了起來，薄薄地擴散開來。

「女方的父母都哭著向他道歉，要他高抬貴手，放過他們。不管爸爸再怎麼拜託，他們都不肯起來，連女方也哭了，最後是爸爸讓步了。爸爸平時常說他『喜歡日本也喜歡日本人，唯獨討厭日本人這種動不動就道歉的習性』，聽了這個故事以後，我才知道為什麼。」

孫緩緩站起來，望著巴士停駐的停車場，像是說給自己聽似地喃喃說道：

「為什麼不想分手？」

「我自己也不明白。」

他露出諷刺的笑容，背過身子。

孫離去了。我明明該對孫說些什麼、明明想對孫說些什麼，話語卻無法成形，動彈不得。待孫離開建築物以後，公主幽幽地說道：

「THE BLUE HEARTS的〈藍天〉。」

悠揚的歌聲演唱的副歌在腦中急速播放。

「歌詞很吻合，讓我忍不住想起來。」

「會嗎？那小子是在日本出生，膚色和眼睛的顏色也都跟日本人一樣。」

「表達的意思是一樣的吧？只不過，現實比歌詞更加麻煩。」

公主依偎著我，把自己的右手放到我的左手上。光滑的肌膚感覺起來格外溫暖，我這才知道自己是冷底體質。

從前，我也曾畫下國境線。

在沙坑畫下的國境線，這一邊和另一邊。不過我畫的線是為了保護自己的世界，和孫眼中的線不一樣。排斥他人的線——一直以來，他都是處於這種線的壓迫之下，在這個國家裡求生存。

「該怎麼辦？」

公主問道。不對，她是在慫恿我。其實公主和我，甚至連孫都早就明白了。就算繼續前進，也不會有未來。

「那還用問？」

我筆直地凝視公主，果斷地說道：

「任務變更。」

3

離開國會議事堂、抵達靖國神社之後，我們再次下了巴士。

和國會議事堂時一樣，車掌一面進行神社的解說一面帶路。路上看到寫著「收復失土」、「停止軟骨屈辱外交」等標語的黑色宣傳車，我的臉不禁抽搐起來。這裡果然是那種地方，不是一句「去神社有什麼問題嗎」可以帶過。

團客在神社導覽板前暫時解散，接下來是自由活動時間。椿山爸爸立刻挖苦孫：

「你該不會找理由不參拜吧？」

這一點我們早就討論過了，孫會參拜。反正孫也不是什麼民族主義者，要他踩畫驗身（註1），就冷靜地踩下去吧。不過，即使本來就打算念書，要是一直被嘮叨「快去念書」，就會變得不想念，這也是人之常情。

「如果你不參拜，我絕不會接受你。」

椿山爸爸自顧自地把話說完以後，便走向手水舍。至少聽完人家的答覆吧！禿頭，小心我拿水潑你。我在心中咒罵，一旁的椿山同學對孫說道：

「孫同學。」撒嬌的聲音。「中國人為什麼討厭靖國神社啊？」

我不禁懷疑起自己的耳朵。

這是在開玩笑吧？來這裡之前，我們不是揣摩過「帶中國人去靖國神社的男人」的思路，並擬定作戰計畫嗎？當時妳也在場吧？如果妳不知道理由，那妳以為中國人為什麼討厭

註1：江戶時代禁止百姓信奉基督教，因此用踩耶穌或聖母瑪利亞畫像的方式來檢驗百姓是否為基督徒。

靖國神社？總不會說是因為鬧鬼之類的吧。「是因為中國都說這裡有鬼嗎？」居然被我說中了？太好啦，圭吾，你有伴了。

「……因為這裡供奉了戰死的士兵。」

「那為什麼不想參拜？」

「因為戰爭的時候，日本和中國是敵對的，有很多中國人被日本士兵殺死。」

「哦，這樣啊，原來如此。」

椿山同學大大地點頭，並露出天真爛漫的笑容繼續說道：

「不過，這樣就和你沒關係了。你出生的時候戰爭早就結束，你對以前的中國也沒有什麼特別的感情。」

禮貌性笑容從孫的臉上消失。

看見孫一臉嚴肅地把眼鏡往上推，我心裡暗叫不妙。糟糕，開關快打開了。我連忙抓住孫的手臂，對椿山同學說道：

「椿山同學，抱歉，這小子可以借我一下嗎？」

「咦？」

「孫，走吧，我有事要跟你商量。」

「商量？」

「別問了，跟我來。」

我拉著困惑的孫，並帶著公主一起折返原路，走進剛才經過的木造平房。那是禮品店和餐廳合一的休息區，裡頭擺著幾張木製桌椅。有兩個少年坐在桌邊滑手機，其中一人看見我們，便舉起手來說聲「嗨」。

「情況如何？還順利嗎？」

是加藤，坐在他對面的則是圭吾。孫目瞪口呆地看著兩人。

「你們也來了？」

「正確地說，是被叫來的。被那邊的團長。」

加藤指著我。好，現在該進入正題。我用右臂環住孫的肩膀，快活地說道：

「孫，我們打算變更任務。」

「變更任務？」

「對。先前的作戰是努力讓那個臭老爹認同你，不過我覺得這樣不行，因為他根本沒有改變自己的意思，要你單方面忍耐不公平，而且也撐不了多久。」

我的右臂使上力，孫的身體變得有些僵硬。

「所以啊……」

我左手握拳，舉到孫的面前。

「私奔吧。」

「……啊？」

孫露出我未曾見過的蠢樣愣愣說道。我放開環住他肩膀的右臂，站到孫的正前方。

「我們之前也在『月之旅人』的聚會上綁走公主，對吧？如法炮製就行了。不必想得太複雜，你帶著椿山同學逃跑，之後走一步算一步。」

「那個老爹交給我對付。他長得雖然很壯，畢竟只是個中年人，應該沒問題。」

圭吾的拳頭「咻」一聲劃過空中，加藤則說：

「我會撬開扔在路邊的腳踏車車鎖，替你們準備好逃亡用的交通工具。記得走小路，免得因為單車雙載被抓，這樣太蠢了。」

加藤對孫豎起大拇指。我拍了拍自己的胸脯說：

「我的任務是收拾殘局。你們離開以後，我就是防止那個老爹抓狂的盾牌。所以你們可別幹出跑去殉情之類的傻事啊。」

「你自己遇上這種狀況的時候把人家推下頂樓，還好意思說。」

公主調侃我，我反駁：「我才沒有推妳。」並繼續用輕快的口吻對孫說道：

「如此這般，作戰內容改變了，戰士、武鬥家、盜賊會各盡其職支援你。沒問題吧？」

「沒問題才怪。」

——對啊，我想也是。不過光是這樣，還不足以讓我打退堂鼓。

「為什麼？」

「這還用問？用點常識吧。」

「不按牌理出牌就是我們的特色啊，我不就這麼做了？」

「現在的我和當時的你狀況不同。」

「哪裡不同？」

圭吾插嘴問道。他態度傲慢地盤起手臂，用一如平時的粗魯口吻毫不客氣地說道：

「浩人那時候和現在的你有什麼不同？說來聽聽。」

孫畏縮了。他垂下視線咕咕噥噥地回答：

「……她不是月亮公主，沒有近期內必須回月亮的問題，她爸爸也沒和莫名其妙的宗教團體扯上關係。再說——」

「這些根本沒關係吧？」

加藤一口打斷了孫。

「這不是重點。那時候浩人冒險，不是因為這些理由。浩人可以行動，你卻不能的理由，到底是什麼？」

加藤的詢問，讓孫沉默下來。某處傳來油蟬的叫聲，沉重的沉默融化在盛夏的悶熱空氣中。

事實上，孫是正確的。

當時的我和現在的孫不同，完完全全沒有半點可以類比的地方，孫不可能選擇當時的我選擇的作戰計畫。不過，不同之處並不是「狀況」這種淺顯易懂又簡單明瞭的東西。是心。

「孫同學。」在沉默中，公主平靜地開口。「你今天開心嗎？」

面對這個不可思議的問題，孫眨了眨眼。公主緊緊抱住我的手臂，柔軟的脂肪塊隔著薄薄的女用襯衫壓著我。

「雖然對勞心勞力的你過意不去，不過我今天玩得很開心，因為我是和浩人一起約會。我們手牽著手，看了許多東西，玩得好開心，在在讓我感受到自己正和心上人在一起。」

公主露出穩重的微笑，溫柔地詢問孫：

「孫同學，你今天有過這種感覺嗎？」

孫的眼眸大大地晃動。我們並沒有乘勝追擊，而是默默等待孫的答案。然而，不久之後，孫說出口的並不是答案。

「……總之，作戰不變，拜託你們了。」

孫逃也似地離去了，或該說根本是逃之夭夭。加藤悠哉地說道：

「哎，也就這樣了。」

緊繃的空氣緩和下來，我向圭吾和加藤輕輕地低下頭。

「抱歉，突然叫你們過來。」

「沒關係，反正我很閒。」

「我反而希望你早點叫我們過來，害我趕得要死。」

圭吾拄著臉頰抱怨，瞥了休息區的出入口一眼。

「不過，他果然沒答應。」

「要是答應我就頭大了，我根本不會開腳踏車鎖。」

「咦？你不會開嗎？」

「當然啊。雖然腳踏車鎖比較好開，可是構造不一樣。我原本還打算如果被他吐嘈，就說『我練習過了』，不過他好像沒發現。」

「我想他應該發現了。」

隨著這道輕喃，公主用力抱住我的手臂。

「孫同學應該已經發現這個作戰的意義就在於不去實行，他明白我們的言下之意。浩人，你也這麼想吧？」

公主仰望著我。「嗯。」我點了點頭，公主一臉滿意地笑了。

「對了，我有件事想問你。」

「什麼事？」

「你今天開心嗎？」

圭吾和加藤探出身子。我對公主回以笑容，斬釘截鐵地說道：

「很開心。」

我們回去的時候，孫和椿山父女在一起。

椿山同學笑得很開心，孫也在笑，可是看起來不太開心。椿山爸爸依然板著臉孔瞪著兩人，讓我想起社會課本上的金剛力士像。

我們穿過門板上刻有菊花圖紋的木造大門。門後有條路，兩側種著已經變綠的櫻花樹，前頭是通往拜殿的鳥居。穿過鳥居以後一路直行，就可以參拜了。

「啊，可以抽籤耶。欸，孫同學，我們去抽。」

椿山同學指著鳥居前的社務所，拉了拉孫的襯衫。孫一說好，椿山爸爸便立刻駁斥：

「先參拜。就算是老外，也要懂禮節。」

——是你女兒提議的吧。

牽著公主的左手不自覺地使上力。公主猶如拉住馬的韁繩似地輕輕回握我的手，讓我冷靜下來。「是啊，對不起。」低頭道歉的孫真的跟大人一樣成熟，換作是我，抵達國會議事堂、下了巴士以後就會直接回家了。

不過，我們並不是大人。

並不成熟。

逼不成熟的他提早成熟——我痛恨這樣的事物。

我們五個人頂著炙熱的大太陽，一起穿越鳥居。孫到底打算怎麼辦？想著想著，我們來到香油錢箱前。正中央是孫，左邊是我和公主，右邊是椿山同學和椿山爸爸，五人排成一列。

首先，椿山爸爸從錢包裡拿出硬幣，投進香油錢箱；再來是椿山同學和公主，我慢了一拍跟上。硬幣撞擊木箱的聲音響起，緊接著是化為四重奏的拍手聲。

四重奏。

孫就像臨海的燈塔一樣挺直腰桿，一動也不動。我和公主緊張地吞了口口水，關注他的動向。椿山同學慌張失措，大為動搖。椿山爸爸面露焦躁之色，質問孫：

「喂，你為什麼不參拜？」

孫並非沒聽見，但依然文風不動。因為暑氣與怒氣而漲紅了臉的椿山爸爸粗聲說：

「中國人就是中國人。哎，也罷。不過既然不參拜，就別踏進這裡！這是在侮辱英靈！我一開始不就問過你了嗎？」

罵聲，怒吼。孫把這些聲音當成耳邊風，看著夾在自己與椿山爸爸之間困惑不已的椿山同學，用溫柔得甚至可以感受到母性的聲音問道：

「欸，妳知道中國的首都在哪裡嗎？」

椿山同學的頭上冒出「？」。

我想，我的頭上應該冒出一樣的符號，而公主和椿山爸爸頭上也有相同的符號。椿山同學頂著巨大的「？」反問：

「突然問這個做什麼？怎麼了？」

「總之妳先回答就是了，拜託妳。」

面對孫不容分說的口吻，椿山同學微微歪了歪頭，遲疑地回答：

「……首爾？」

孫笑了，並從牛仔褲口袋中拿出皮夾，取出一個刻著大大「1」字的陌生硬幣。

「謝謝。」閃耀著銀色光芒的大硬幣。「我下定決心了。」

硬幣在空中飛舞。

飛到空中的硬幣描繪出拋物線，朝著香油錢箱落下。在一道清脆的喀茲聲後，響起的是接連兩回的拍手聲。孫在合十的雙手後方閉目祈禱一會兒，接著便推開椿山同學，走到椿山爸爸的面前。

「伯父。」

孫行了個九十度鞠躬禮，深深地低下頭。

「請讓我和令嬡分手。」

4

這次大家頭上冒出的是十分巨大的「？」。

無論是孫說的話或做的事，我都無法理解。如果是想交往的話，我還能理解，那他當然該參拜，也該低頭。可是，如果想分手，這兩件事他都不必做。他的發言和行動互相矛盾，讓我一頭霧水。

「……你在說什麼？」

椿山爸爸開了口。他是個令我完全無法苟同的男人，這是我第一次和他意見一致。

「你現在不是已經證明自己是日本人了嗎？那就——」

「我這輩子活到現在，從來不認為自己是日本人。」

清澈響亮的聲音從低下的頭傳來。

「我是在日本出生長大，雖然也會說中文，但是日文更流利，朋友也幾乎都是日本人，即使如此，我從來不認為自己是日本人。可是，若要說我是中國人，我又覺得不太對勁。總之就是這樣。」

我的胸口抽痛一下。我還無暇釐清抽痛的緣由，孫便繼續說道：

「所以我和您絕對合不來，這一點我在見面之前就已經明白了，可是我對令嬡說不出口，才一直拖到現在。這記鞠躬是為了向您賠罪，真的很對不起。」

孫緩緩地抬起頭來，與椿山爸爸正面相對。椿山爸爸大大地垂下眼尾，露出有些落寞的笑容。

「是嗎？真遺憾。」

孫對椿山爸爸回以笑容，接著轉向我和公主，簡短地說道：

「回去吧。」

我還沒回答，孫便折回原路。我和公主一起慌慌張張地追上去，一面追趕一面對孫表達自己的困惑。

「你在幹嘛？」

「還能幹嘛？如你所見，和她分手。」

「不，我不是這個意思——」

「等一下！」

尖銳的聲音打斷我們的對話。奔上前來的椿山同學不顧一切地將我推開，站在孫的面前。

「為什麼要分手！」

「因為這麼做最好。妳和我最好在這裡結束。」

「為什麼！我完全無法接受！如果你是顧慮爸爸，根本不必管他！」

椿山同學漲紅了臉，大聲說道：

「不管別人說什麼，你都是不折不扣的日本人！」

嚴肅的表情。

孫從眼鏡後方對椿山同學釋放絕對零度的視線，並用右手中指推了推眼鏡。這個動作他剛才也做過，代表開關即將開啟。當時我阻止了他，因為不知道會有什麼後果，不過，現在——

「既然妳還不死心，我就把話說清楚。」

算了，上吧，隨你去，讓那個愛作夢的女孩認清現實。

認清孫梁這個男人究竟有多麼麻煩。

「我問妳，什麼是『不折不扣的日本人』？日本人是某種地位嗎？不過是一個國家的一個人種吧？話說回來，自從提到這個話題以來，妳一直都是這樣，說什麼『比日本人更像日本人』、『內在是日本人』之類的，妳知道這根本算不上是讚美嗎？哎，我知道妳不明白，但是也太過分了。就某種意義而言，妳比伯父更瞧不起中國人。伯父至少會主動了解中國，只是了解以後還是討厭而已。可是妳不一樣，妳什麼也不知道，卻輕視得那麼自然。不知道《孫子》，還可以解釋成是上漢文課時都在睡覺，情有可原。可是，連中國是共產主義國家、首都在哪裡都不知道，這就糟糕了。不，只是不知道倒還好，我也有很多不知道的事，但是妳居然可以那麼輕視一無所知的國家，說起來反而很厲害，我都忍不住尊敬起妳。還有，為什麼是首爾？那不是中國，是韓國的城市耶。就算要弄錯，至少說是上海吧。雖然上海也有點扯——」

長文乙（註2）。

我在心裡用網路用語挖苦滔滔不絕的孫。已經很久沒看到他抓狂了。上一次是在國二的時候，我們一如平時，四個人一起去看電影，加藤不顧其他三人的反對，堅持看他想看的作品，看完以後說了句「比我想像的無聊多了」。聽到這句話，孫就抓狂了。起先加藤還咕噥噥地反駁，沒多久就啞口無言、淚眼汪汪，但孫仍舊不肯罷休，是我和圭吾從旁緩頰才收場的。好懷念啊。

「還有，我想問妳，在妳心中，怎麼樣才算『日本人』？我『比日本人更像日本人』，可見得我不是純正的日本吧？我在日本出生長大、吃日本的食物、上日本的學校，可是依然不算是日本人。那麼，『日本人』是取決於什麼？告訴我，我想知道。」

「……基因。」

「好，來了，基因來了。老實說，我還沒問就知道妳會這麼回答。不過，基因是追溯到什麼時候？有個概念叫做『粒線體夏娃』，說追溯人類的粒線體ＤＮＡ，最終都會導向某個非洲女性。如果基因這麼重要，那我們全都是非洲人囉？哎，不用扯那麼遠，單說日本就好。沒混到大陸血統的純種日本繩文人個個酒量都很好，可是自從混入了來自大陸的蒙古血統之後，由於帶有阻礙乙醛分解的基因，自彌生人以來，就開始出現酒量不好的人。問題來了，簡單地彙整這段話，就是酒量不好的人一定帶有大陸的血統。那父母、祖父母三代都擁有日本國籍，在日本出生長大的酒量不好的人，算不算是日本人？來，請回答。」

「……算。」

「是啊，這麼想是當然的。可是妳剛才說基因才重要，這樣不矛盾嗎？不，我懂，那麼久以前的基因不算數，對吧？那下一個問題。妳說的基因到底是從哪裡開始——」

啪！

肉與肉撞擊的聲音在清澈的盛夏空氣中清脆地響起。被摑了一巴掌、臉轉向旁邊的孫，和張開的手掌高舉在半空中、淚眼婆娑的椿山同學。椿山同學用打了孫的手擦掉眼淚，顫抖著聲音叫道：

「我沒想到你是這種人！」

——不然妳以為他是哪種人？他一直都是這種人，頭腦好，理性至上，一惹他生氣就麻煩到極點，但是不惹他生氣卻是超級大好人。至少在我們面前，他一直都是這樣的人。

註2：「長篇大論辛苦了」的日文網路用語。

椿山同學跑走了。孫摸著挨打的臉頰轉向我們，露出滑稽的笑容，若無其事地說：

「被甩了。」

「……那當然。」

「嗯，我也有點嚇到了……抱歉。」

公主溫順地道了歉。居然能夠打擊連在流氓事務所也堅定不屈的鋼鐵心志，好可怕的孫梁。

「沒關係，只要別忘記一件事就行。」

孫背向我們，露出豪邁的笑容。

「這就是『我』。」

──別耍帥行不行？

我吞下這句話，因為那悠然離去的背影真的很帥。我把雙手插進口袋裡，仰望天空。

沒有雲朵、沒有人類、也沒有國境線的藍天，大大地拓展於眼前。

離開靖國神社以後，我們沒有回到巴士上，而是和圭吾他們一起去秋葉原。

我們去了電子遊樂場，又逛了好幾家店，甚至還在公主的提議下拍了人生的第一次大頭貼。公主和我站在前排、其他三人站在後排的大頭貼構圖，看起來不像是「公主與騎士團」，倒像是「曬恩愛的情侶和溫暖包容他們的朋友」。孫埋怨道：「不要在剛被甩的人面前曬恩愛好嗎？」但是臉上的笑容看起來比參加巴士觀光行程時更加燦爛。

到了傍晚，我們前往孫家的「大連樓」吃晚飯。公主因為返月性症候群的緣故，不能吃太油膩的食物，孫的父親特地為她做了少油的中華料理，負責外場的母親也很關照公主。我在心中偷偷對待在廚房裡甩炒鍋的孫的父親說：「你選了她是正確的。」

晚飯後送公主回醫院，就地解散——這是原本的計畫，可是我們四人有些意猶未盡，便坐在上野公園的噴水池畔閒聊。飲料不是酒，而是去自動販賣機買來的罐裝咖啡，健全得連圭吾都說：「我們也變乖了啊。」就這樣在月光下愉快地談天說地。

「對了，孫，你丟了什麼進香油錢箱？」

「什麼？」

「上頭有寫數字『1』，可是不是一圓硬幣。那是什麼？」

「哦，那是中國的一元硬幣。我沒有什麼特別的堅持，可是乖乖參拜，就像是向她爸爸屈服了，感覺很不舒服，正好錢包裡有中國硬幣，我就拿來用了。」

「……所以你把中國錢幣丟進靖國神社的香油錢箱裡？」

「沒錯。」

「要是那個禿頭老爹知道，鐵定會宰了你。」

「放心，他沒發現。」

孫滿不在乎地說道，將咖啡灌進喉嚨裡，歇了口氣。這回換成加藤發問：

「我也有問題想問你。」

「什麼問題？」

「你為什麼會跟她交往啊？是因為胸部嗎？」

接了這顆粗神經的快速球，孫低下頭，垂下的雙手夾著咖啡罐，像浣熊清洗食物那樣轉來轉去。

「我在和她見面之前，就先告訴她我是中國人。」

孫抿起嘴唇，自嘲地笑了。

「我在遊戲的聊天室裡提過年齡和住在哪裡，可是沒說過國籍，是後來說要約出來見面時才告訴她的。當時，我是這樣問：『我是中國人，沒關係嗎？』因為有些人就是討厭中國人。結果她回了句很有意思的話。」

孫的嘴角大大地上揚。

「『你是中國人？好厲害！』」

幸福的笑容。不過，他很快又恢復為原來的落寞笑容。在手中滾動的咖啡罐不知幾時間停住了。

「很好笑吧？有什麼好厲害的？不過後來想想，我又覺得這個女孩好厲害，因為我從來不覺得自己是中國人是一件很厲害的事。哎，現在想想，大概是因為她的感嘆詞只有『好厲害』一種吧。不過，當時我真的有種獲得救贖的感覺。」

孫把咖啡罐放到地面上。喀！清脆的聲音與輕喃聲交雜在一塊。

「虧我當時那麼高興。」

一陣風吹過。帶著些許池水涼意的暖風輕撫我的肌膚，又逕行離去。孫仰望著夜空，看著他那張在朦朧月光照耀下的側臉，在我的鼓膜內側縈繞不去的話語變得越來越響亮。

——我這輩子活到現在，從來不認為自己是日本人。

那你是哪國人？

當時，胸口感受到的痛楚究竟是什麼，我終於明白了。那時候，我是這麼想：這小子和我不一樣。我確確實實是這麼想的。我在自己和孫之間畫下國境線。這和五歲時為了保護自己的世界而畫下的線不一樣，單純只是用來排斥異己。

我有種預感，今天畫下了這條線的我，在十年後會畫下更粗的線。我明明痛恨逼不成熟的孫提早成熟的事物，但是長大以後，我就會接受那些事物了。我不想變成那樣，可是終究會變成那樣。

不過，現在……

「——圭吾。」

聽見我的呼喚，圭吾「啊？」了一聲抬起頭來。我慢條斯理地問道：

「你知道中國的首都在哪裡嗎？」

孫的嘴唇抽動一下，加藤的頭上冒出「？」，圭吾則是悻悻然地回答：「你把我當白痴啊？」他挺起胸膛，高聲說道：「是上海吧？」

孫放聲大笑。

圭吾一臉困惑地問：「不是嗎？」加藤傻眼地說：「你啊……」我看著笑得一發不可收拾的孫，心滿意足地點了點頭。這正是我想要的發展。

「到底是哪裡啦！浩人，答案是什麼？」

「放心吧，你雖然是白痴，不過是個還算好的白痴。」

「我完全聽不懂你在說什麼。別胡說八道了，快公布答案！」

圭吾對我使出勒頸鎖喉，孫和加藤看著痛苦掙扎的我，咯咯笑了起來。我們這些毫不在乎國境線的國中生，在寧靜的夜裡持續發出蠢態畢露的笑聲吵吵鬧鬧，直到巡邏公園的制服警官前來制止我們為止。

第四章　盜賊之詩

1

今野尚文這個少年十分厭惡我。

他小三的時候和我同班，認識了我；三個月後，他對我的厭惡程度便更勝於從前最討厭的營養午餐菜餚——難吃得要死的白蘿蔔絲。這是本人在相識第三個月的營養午餐時間當面對我說的，絕對錯不了。聽了這番話以後，我打從心底沮喪：「我最討厭的食物居然跟這個討厭鬼一樣？」這種深沉的悲哀朝我席捲而來。換句話說，我也十分厭惡今野，雖然還比不上拋棄我的父親，但是今野獲得的仇恨值足以讓他穩坐第二名。

從那時候以來，今野有事沒事就找我的碴，而我也一再應戰。我的小三、小四回憶，全都是和今野的戰鬥。升上小五以後，我們分到不同班，又在國二時重逢，打了一架——或該說是我單方面痛毆他——之後整整一年都沒說過話，升上國三後再次說拜拜。我和今野都得以遠離比白蘿蔔絲更加厭惡的對象，真是可喜可賀、皆大歡喜。

——只可惜沒能如此圓滿收場。

正確說來，我倒是很圓滿，獲得了完全不必想起今野的美好世界，不過今野可就不一樣。整整一年被可恨的我占得上風、無力反抗的狀況令他抑鬱不已，所以分班以後還是常常說我的壞話。

暑假的返校日。

當值打掃的今野和同樣當值的朋友們一起在放學後的教室裡胡扯，主題是色情，就是什麼東西的觸感和奶子很像、哪個ＡＶ女優的哪部作品最適合用來打手槍之類的猥褻話題。不過，今野在這時候提起一段赤裸裸的插曲：別班有個學生的媽媽是妓女，自己的表哥曾經嫖過她。不認識我的今野朋友們大吃一驚，紛紛追問：「是真的嗎？」

「真的，聽說她的屄鬆垮垮的。」

「嘔！妓女果然都這樣。」

「畢竟是每天瘋狂幹砲的女人嘛。媽媽是妓女，根本沒救了。」

「一班的誰啊？」

「下次看到他，我再跟你說。那個就是鬆垮屄生出來的兒子——」

啪！

一條溼抹布橫空飛去，正中今野的臉。當然，抹布不會自己飛出去，是有人扔過去的。是和今野同班，一樣當值打掃的加藤。

「只敢在背後說別人的壞話，遜斃了。也不想想自己被浩人打到哭出來。」

可恥的過去被重新提起，今野怒髮衝冠，揪住加藤的襯衫衣襟怒目相視。加藤回瞪著他，又奉送一句：

「我說的是事實啊。」

今野握緊拳頭，「尚文！」又在朋友的呼喚下回過神來。隨即，他想到一個好主意。

「我有話要跟你說，打掃完以後跟我來。」

那一天，今野要跟表哥見面。

今野的想法很單純。讓當事人直接跟這傢伙說，這樣就可以看到這傢伙聽了赤裸裸的描述以後發狂的模樣，如此而已。誰要為了這種無聊的事情跟著你亂跑啊？要是沒發狂，就只是把氣氛弄得很詭異而已吧？諸如此類，這是個吐嘈點多不勝數的點子，但是對於今野而言，卻是諾貝爾獎等級的好主意。為了防止加藤逃走，他還特別叮嚀一句：

「你可別逃跑。」

事後聽加藤說起這件事，我是這麼說的：「你幹嘛不逃啊？」我沒說錯吧？也不知道有什麼陷阱等著自己，敵人邀約就乖乖跟去，是傻瓜才會做的事。

聞言，加藤垂頭喪氣，意志消沉地喃喃說道：「可是，不能逃跑啊。」「為什麼不能逃跑？」「一般人不會逃跑吧？」「一般人都會逃跑吧？」「才不是咧！」「為什麼？」

「呃，因為——」

——他侮辱我的朋友耶。

「知道了。」

真的是個傻瓜。

第二學期以後，公主時常臥病在床。

起先公主說是因為「天氣太熱」，可是一直沒有復元的跡象，後來才老實跟我說是因為「月亮供給的魔力變少」。我好意提議：「那我們這陣子別來打擾妳吧？」反而被公主罵一頓：「主子正虛弱，護衛怎麼可以離開？」她說她巴不得我們每天都來，因此我們便恭敬不如從命，真的每天都在病房裡開讀書會。

畢竟已經是國三的第二學期，整個學校都充滿大考的色彩。雖然我沒看過大考的色彩，不過大概就像黏在柏油路上好幾年的口香糖顏色吧，至少班上同學都是這種臉色，我也時常感到焦慮，神經緊繃。

所以，孫在加藤缺席的讀書會上提起之前，我都沒發現加藤這陣子怪怪的。

「那小子一直都怪怪的吧？」

圭吾毫不客氣地說道。我暗想：「你有資格說別人嗎？」可是我同樣沒資格說別人，所以沒有說出口。孫把自動鉛筆放到桌上，嘆了口氣。

「我說的不是那種怪，是真的怪怪的。」

「比方說？」

「上課和下課時間都在發呆，開讀書會時也是這樣。別的不說，他讀書會常常中途離開或缺席吧？就像今天這樣。」

「這麼一提，今天他為什麼沒來？」

「不知道，他只說『有事不去』。」

「哦。」

圭吾拄著臉頰，似乎沒當一回事。穿著病人服躺在沙發上的公主插嘴說道：

「會不會是交了女朋友？」

常常發呆，缺席朋友間的聚會。原來如此，很有可能。不過——

「那小子如果交到女朋友，一定會說出來吧？」

「對啊。跟某人不一樣，一定會到處炫耀。」

圭吾瞥了孫一眼，孫一派泰然自若地說道：「嗯，是啊。」真沒意思。

「其實我也有同樣想法，所以問過他：『你交了女朋友嗎？』」

「他怎麼說？」

「他說：『不，不是啦……』一副難以啟齒的樣子。加藤表現出這種態度，真的讓我很擔心。」

聽了這番認真的訴說，原本不當一回事的圭吾也變得神色凝重。這時候輪到團長出場了——我沾沾自喜地如此暗想，刻意用開朗的語氣說道：

「加藤不說，我們想破腦袋也沒用。」

「可是——」

「你交了女朋友，還不是瞞著大家？現在卻要逼加藤說，太沒道理了吧。」

孫啞口無言。能夠讓伶牙俐齒的孫閉上嘴巴，真是爽快，因此我更加得意忘形。

「如果真的遇上困難，那小子一定會向我們求救，因為我們是朋友。所以現在就相信他吧。」

圭吾也表示贊同：「哎，是啊。」公主默默躺在沙發上，孫似乎想說什麼，但終究還是什麼也沒說，繼續用功。而我自以為說了什麼至理名言，一面得意洋洋地哼著歌，一面打開參考書。

我犯了兩個錯誤。

第一個錯誤是輕忽孫的看法。孫和加藤同班，對加藤的觀察比我入微許多，如果孫覺得怪怪的，那就是真的怪怪的。

另一個錯誤則是——

我完全搞錯「朋友」的意思。

十月下旬。

改完的期中考考卷一一發回來，結果還不賴。第一學期的期末考考得也不錯，這次更好了。從前我覺得「為了學校的評價一喜一憂的人是白痴」，現在心情卻好極了，說起來也挺自我中心的。

不久後，最後的數學考卷發還了，成績同樣很好。拿去向大家炫耀吧——我如此暗想，興沖沖地等待回家前的班會課結束。不過，班會課一結束，保坂便一直線走向我的座位，害我的好心情瞬間變差。

「七瀨，可以占用一下你的時間嗎？」

不可以，請你識相一點。如果你堅持要這麼做，請付錢。

「是。」

「不好意思。拿著書包跟我來吧。」

我依言拿起書包，和保坂一起邁開腳步，離開教室，走下樓梯，進入職員室。保坂並不是走向自己的座位，而是走向職員室角落的小面談室。他打算對我說教多久啊？我頓時感到疲憊無力，然而，站在面談室門前的保坂卻採取了意料之外的行動。

「打擾了。」

他敲了敲門以後才打開門，換句話說，裡頭有人。我滿心狐疑地走進面談室，只見一個教師和兩個學生隔著白色長方形桌子對坐。教師是位長髮女老師，她是孫和加藤所在的四班導師。學生則是——圭吾和孫。

「我把人帶來了。」

「謝謝。」

保坂在四班導師的身旁坐下來，我則是坐在孫隔壁的空位上。瞪著空中、一臉不快的圭吾，和縮著背部、垂頭喪氣的孫。我還來不及思考究竟發生什麼事，保坂便開口說道：

「七瀨，你和四班的加藤很要好吧？」

「對。」

「加藤昨天在書店偷東西，被輔導了，今天在家反省。問他為什麼要做這種事，他怎麼也不肯說。你知道是怎麼回事嗎？」

偷東西，輔導，在家反省。

我忘了眼前有老師在，險些大叫：「啥！」如果是圭吾，我還沒那麼意外。雖然失禮，不過不意外就是不意外。可是，加藤耶！這就像是一齣只有可愛女孩的動畫裡，突然出現戀屍癖連續殺人魔一樣突兀。

「……這是真的嗎？」

「嗯。看你的樣子，是不知道了。」

保坂一臉遺憾地喃喃說道。我轉向圭吾和孫，但他們兩個都沒有看我。我從立領制服的口袋裡拿出手機，詢問保坂：

「呃，請問我現在可以聯絡他嗎？或許他肯跟我說什麼——」

「沒用的。」

孫冰冷的聲音打斷了我。

「聯絡手段八成全被斷絕了。LINE沒有反應，電話和郵件也被封鎖。我和圭吾都是這樣，你可以試試看。」

——怎麼可能？

我從聯絡人中叫出加藤的電話號碼，撥打電話。我期待的是熟悉的稚氣高音，但是傳入耳中的卻是無情的機械合成語音。

『您撥的電話沒有回應……』

我掛斷電話，默默對凝視我的孫和圭吾搖了搖頭。四班的班導大大地垂下肩膀，保坂說了聲「這樣啊」，微微地點頭。我們和老師說好有任何新消息會通知他們，之後便一起離開面談室。

好一陣子我們都默默無語，直到走出校舍以後，孫才喃喃說了句「過來一下」，帶著我們來到學校旁邊的公園。我們聚集在葉子已經由綠變黃的「啥物樹」前，這時圭吾終於說了句有意義的話。

「現在該怎麼辦？」

用學生鞋鞋尖敲打大地的圭吾顯然很焦慮。每個人感到不安時的反應各不相同，圭吾是焦慮型，手撫著下巴垂下頭來的孫是思考型，而我則是腦袋一片空白型。

「總之，多收集一點情報吧。」

「要怎麼收集啊？那小子把我們封鎖了。」

「他偷東西的書店或是警察，這些地方應該會有情報。」

「問這些人有什麼意義？你到底有沒有認真在想？」

「別光是否定別人，你也提出自己的意見來啊！」

「啊？」

圭吾和孫爭論時，我獨自左思右想，可是完全想不出任何主意。我需要幫助、需要指引。說來窩囊，我現在幾乎快迷失自我了。

——對了。

「抱歉。」我拿出手機，對兩人說道：「我打個電話。」

圭吾和孫停止爭論，我毫不遲疑地聯絡公主。『喂？』溫暖的聲音讓我稍微冷靜下來。

「抱歉，突然打電話給妳，妳現在方便說話嗎？」

『可以啊。怎麼了？』

「我要跟妳說加藤的事。」

『加藤同學的事？』

「妳冷靜聽我說。他好像因為偷東西被輔導，現在在家反省。」

偷東西，輔導，在家反省——剛才聽保坂說時覺得「騙人的吧？」的話語，現在由我自己說出口，還是忍不住暗想：「騙人的吧？」

「我只知道這麼多，也是剛才和圭吾、孫一起聽老師說才知道的。加藤把我們全都封鎖了，所以我無法向他本人確認。我們現在在討論該怎麼辦。」

話語零零落落，就像打地鼠一樣，片段地浮現又消失。

「可是，我不知道該怎麼辦，真的完全不知道。我還是不相信他會偷東西，可是他偷東西被輔導是事實，我跳脫不出這一點，所以——」

『去找他吧。』

堅定的聲音，緊接著是劇烈的咳嗽聲透過電波傳入耳中。

「不要緊吧？」

『不要緊。』

簡短的對話過後，公主又繼續說道：

『你知道加藤同學住哪裡嗎？』

「嗯。」

『那現在就去找他吧。我徵得外出許可以後也會立刻過去。』

「可是，他就是不想見我們，才封鎖——」

『就算加藤同學不想見我們，我還是想見他。浩人，難道你不想嗎？』

——我當然想。我真想給三秒鐘前的自己一棒。

「我想見他。」

『對吧？那就說定了。』

雖然隔著電話她看不見，我還是大大地點了頭。接著，我們又說了些話以後，我才掛斷電話，轉向圭吾和孫。孫和圭吾開口問道：

「她也要來？」

「嗯。」

「那我們要去吧？」

「對。」

兩人面露賊笑，我也同樣回以笑容。只要見了面，一定有辦法。包含公主在內，我們全都是這麼想。我們是朋友，是輝夜姬騎士團，是可以對彼此完全敞開心房的好夥伴——我如此認定。

但是，現實哪有這麼單純？

我們只去加藤家玩過一次。理由是「不對勁」。

雖然是獨棟平房，寬敞又漂亮，遊戲主機應有盡有，條件完美至極，但就是覺得不對勁。尤其端出來的點心是年輪蛋糕切片加整壺的大吉嶺紅茶，還有養的室內犬是「比熊犬」這種名字活像是會分身射出冰塊的犬種，更讓我有這種感覺。順道一提，狗狗的名字叫「馬爾」，因為牠是馬爾濟斯系列的狗。為什麼在加藤出生時沒有採用這種簡約的命名風格呢？過去的錯誤令人不勝唏噓。

加藤的媽媽二話不說，就讓四個人大舉來訪的我們進到屋內。她是個身材苗條的美麗媽媽，可是現在面容憔悴，感覺起來不像是削瘦，而是消瘦。聽她的說法，加藤一直窩在房間裡，怎麼呼喚也不肯出來。加藤的媽媽一直是在加藤的名字上加個小字來叫他，我暗想：「他就是因為這樣才不肯出來吧？」但是沒說出口。

聽完加藤媽媽的說法以後，我們前往位於二樓的加藤房間。途中我們遇見加藤的哥哥，他低頭拜託我們：「我弟就麻煩你們了。」比加藤大兩歲，長得很帥，目測身高超過一百八，名字是秀一。我似乎明白這個哥哥無法親近加藤的理由。

我們四個人並排在房門前，首先由我敲門：「加藤，我們來了。」沒有回應。接著是孫和公主開口拜託。「加藤，把門打開好嗎？」「加藤同學，拜託。」同樣沒有回應。圭吾挺起胸膛，昂然上前。

「交給我吧。」

圭吾大大地吸一口氣，以讓人不禁懷疑門會不會在加藤打開之前就壞掉的猛烈力道敲門，並發出隔兩戶人家也聽得見的怒吼聲。

「不希望屌往右歪所以打手槍的時候都是左右手交互打的加藤同學在嗎～～～」

——原來如此，確實交給他比較好。

「明明連女朋友也沒有卻宣稱C罩杯以下的都不算女人的加藤同學在嗎～～～吃營養午餐的時候說『穿圍裙的女生讓人很想玷汙』的加藤同學在嗎～～～喜歡去光碟出租店只看AV封面就回家想像內容打手槍的加藤同學在嗎～～～凌辱系的～～～」

門開了。

圭吾對哭喪著臉的加藤說了聲：「嗨。」加藤用細若蚊蚋的聲音喃喃說道：「……別鬧了。」接著便走回房裡，並沒有關上門，應該是叫我們進去的意思。我們毫不客氣地走進房間。

房間很髒，地板上是散落一地的衣物和漫畫，桌上放著組到一半的塑膠模型，椅背上披著短版大衣，電視機前的遊戲主機周圍是堆積如山的遊戲光碟空盒。而加藤自己也很髒，身上運動服皺巴巴的，頭髮亂七八糟，皮膚乾燥，更嚴重的是，眼神死氣沉沉，沒有半點光芒。

「好。」圭吾一屁股往床鋪坐下。「發生什麼事？」

加藤沒有回答，推開散亂的漫畫，在地板上坐下來。我和公主坐在加藤前方，孫則是坐在圭吾身邊。床上兩個人，正面兩個人，暴露在四人份的視線下約一分鐘以後，加藤終於開口說話。

「沒事啊。」

「少騙人了，你怎麼可能沒事就偷東西？」

「我是『盜賊』耶。」

「那又怎樣？」

加藤縮起身子，圭吾則是往前探出身子。

「我看過很多沒理由就偷東西的人，我敢斷言你不是這種人。你自己也知道吧？」

加藤垂下頭來。就像是一個扮黑臉、一個扮白臉，孫接著柔聲說道：

「加藤，我們只是想幫你的忙而已。能不能告訴我們發生什麼事？」

在孫不著痕跡的引導下，發生過某件事成了確定事項。這是讓對方吐實的話術。我也跟著幫腔：

「一直以來，你也幫過我們不少忙吧？」

加藤矮小的背影微微地動了一下。

「幫我打開頂樓和體育倉庫的門鎖，替圭吾扒走流氓老爸的皮夾，為了孫特地跑到靖國神社來。這次換我們幫你了，拜託，告訴我們吧。」

我把手放到加藤的肩膀上，爽朗地說道：

「我們是朋友吧？」

我心想，成了。

Critical hit，爆擊，正中要害。總之，我以為自己施展了決定性的一擊。你為了朋友而戰，所以接下來輪到我們這些朋友為你而戰。我深信這是既感人又合情合理、無可挑剔的事態發展。

正因為團長是這副德行，加藤才會什麼都不肯跟我們說。

「閉嘴。」

加藤拍掉我放在他肩上的手。

他只是輕輕拍掉，並沒有用上多大力氣，可是對於我而言，衝擊卻大得像是被用金屬球棒毆打。加藤銳利地瞪著無法動彈的我。

「什麼朋友？我從來不覺得你們是對等的朋友。你們也一樣吧，我知道你們都瞧不起我。」

我完全聽不懂加藤在說什麼。我們的確會取笑他的名字和身高，可是無論是我、圭吾或孫，都有許多自己無力解決的問題，有許多長處和短處。我一直認為這些長短優劣加總之後的我們是對等的，也一直以為加藤知道我們都是這麼想，所以我們才會在一起。

「我就是討厭這樣，才會去偷東西。你們都覺得我是光靠自己什麼也做不到的小嘍囉吧？其實我也很行，我就是想證明這一點。」

我覺得這是謊言，可是從平坦的喉嚨拚命擠出話語的加藤看起來不像在撒謊。話是假的，但心是真的——這是他給我的感覺。

「別的不說，輝夜姬騎士團是什麼鬼東西啊？」

加藤的嘴角浮現醜陋的嘲笑。

「什麼月亮公主，什麼返月性症候群，中二病也要有個限度吧。我們再過半年就是高中生，再不成熟點就糟糕了。要逃避現實到什麼時——」

加藤停住了。

宛若按下影片停止鍵一般愣在原地的加藤注視著我的身旁。我循著視線望去，同樣愣住了。只見公主蹲在地上，虛弱又急促地喘著氣。

「喂！」圭吾叫道。孫詢問公主：「不要緊吧？」而我也輕撫她的背部。加藤一陣茫然，一副不敢相信眼前發生什麼事的模樣。

公主撐起身子，用手摀著胸口，對加藤露出溫和的笑容。

「我，沒事。」

如湧泉般不斷冒出的汗水，蒼白得誇張的膚色，斷斷續續的話語。

「不是，加藤同學，的錯。」

公主的身體活像斷了線的懸絲木偶般軟倒下來，我連忙仰抱住失去意識的她——好輕，一點也不像是有生命。

孫打電話給醫院，圭吾聲聲呼喚著公主，而我轉向仍未按下播放鍵的加藤。

「加藤。」

播放鍵被按下了。加藤站起來，喃喃說道：

「我——」

他沒有說下去，而是跑出房間。「加藤！」圭吾的叫聲被加藤跑下樓梯、衝出玄關的聲音蓋過，我們幾乎沒聽見。

2

加藤失蹤了。

警方發布了失蹤協尋，也交代我們「如果和他聯絡上了立刻通知警方」，可是一直找不到他。警方研判他應該是躲在某人家中，我們也同意這個看法。加藤不可能自己去偷東西，是不是同夥我不知道，總之一定有其他人參與。

從加藤家被救護車送往醫院的公主醒來以後，交付我們一個任務：搜索「盜賊」加藤。我們跑遍上野尋找線索，甚至還去加藤扒竊的書店盯梢，可是全都徒勞無功。大家一味自責，卻無力解決，狀況惡劣到了極點。

加藤失蹤後的第二個星期五，那一天大家說好暫時休息，沒去找加藤。可是就算休息，我也沒有其他想做的事。乾脆自己去找加藤好了——放學後，我一面如此暗想，一面慢吞吞地走在走廊上。此時，背後突然有道聲音傳來。

「七瀨。」

我回過頭，只見保坂帶著僵硬的笑容朝我走來。

「有什麼事嗎？」

「你最近狀況如何？書念得還順利嗎？」

「普普通通。」

「普普通通啊？那就好。別因為期中考考得好就鬆懈啊。」

結結巴巴，活像不知該怎麼跟青春期兒子交流的父親。我沒有實際經驗，純屬想像就是了。

「還有，關於四班的加藤。」

進入正題了。保坂的視線微微地從我身上移開。

「我知道你擔心朋友，但要是因為一直掛念他而導致成績退步，等他回來以後，他會有罪惡感的。你完全沒有錯，照常生活就好。」

「您的意思是要我忘了他，專心準備考試嗎？」

我的口吻比自己所想的更加帶刺。

「是要我考慮他沒回來的可能性，現在就做好割捨他的準備嗎？擔心別人對自己、對老師、對學校都沒有好處，所以現在該把考上好學校放在第一順位，是這個意思嗎？」

「七瀨。」

保坂加強了語氣，用教師的眼神正面看著我。

「我沒這麼說吧？」

沒錯，他沒這麼說，我只是想找個人發洩而已。

「……對不起。」

我乖乖地低頭道歉，背向保坂，逃也似地快步離去。彎過轉角，走下樓梯，保坂的話語在腦中重複播放。

——你完全沒有錯。

真的是這樣嗎？

離開學校以後，我沒去尋找加藤，而是直接回家，換上充當居家服的運動服，開始用功。可是，不久前的思緒清明彷彿是幻覺一般，我完全念不下書。再這樣下去我會落榜——我像是事不關己似地如此暗想。

我使用手機的擴音功能，在房裡播放THE BLUE HEARTS的歌曲。另一個浩人的歌聲實在很不可思議，沮喪的時候聽起來很哀傷，高興的時候聽起來卻是強而有力。現在當然是前者。〈鐵鎚〉、〈電光石火〉和〈哇～哇～〉明明都不是哀傷的歌曲，如今聽在耳裡卻教人心酸。

門鈴響了。房外的媽媽去應門，我則是繼續聽音樂。不過，不一會兒媽媽走進房裡，我只好關掉音樂。

「什麼事？」

「浩浩，有客人找你。」

「誰？」

「二年級的時候不是有個孩子跟你打架嗎？就是他。」

今野尚文。

我足足花了三秒才想起他的全名。我和我的天敵，同時是輝夜姬騎士團創立的大功臣今野，自那場架以來已經一年多沒說過話了，現在他找我有什麼事？

「他說有事要跟你說，你去看看吧。」

「知道了，我現在過去。」

我離開房間，走向玄關，穿上涼鞋開了門。表情活像棄犬般可憐兮兮的今野出現於我的眼前。

「……嗨。」

今野舉起一隻手。瞬間，一股強烈的怒火襲向我。我和這傢伙果然是上輩子就結了仇，搞不好是不共戴天的死敵。

「幹嘛？」

瀏海還故意抓高，跟你那下垂的眼睛和眉毛完全不搭好嗎？我很想挑毛病，但硬是忍住了。

「我有話要跟你說。」

「到底是什麼事？」

「你有一個叫做加藤的朋友吧？他現在在我表哥那裡。」

——啊？

等等，這傢伙剛才說什麼？加藤？他說了加藤嗎？

「他不是因為偷東西被輔導嗎？那是我表哥命令他做的。我表哥一直把他當玩具。」

今野的表哥——我想起來了，就是今野說嫖過媽媽的那個人。

「雖然是我造成的，可是我真的沒想到事情會變得這麼嚴重。現在已經發布失蹤協尋了吧？欸，你想個辦法啦，我搞不定這件事。」

今野懇求我。我尚未理出頭緒，也還搞不清楚狀況，但只有一件事很清楚。就是可以找到加藤。

「喂。」

我逼近今野，懷著絕不放過這個機會的心，斷然說道：

「進來說吧。」

兩個小時後，我帶著今野前往公主的病房。

我叫今野正座於地板上，把在我家說過的話重新對沙發上的圭吾、孫及公主再說一遍。今野和加藤吵架，安排表哥與加藤見面，表哥描述嫖我媽的經過，加藤抓狂了想揍表哥，反而被表哥痛扁一頓，之後就成為表哥的玩具，並在表哥和他的狐群狗黨逼迫下做了許多壞事。

話說完了，病房裡瀰漫著緊繃的氣氛。孫盤起手臂詢問今野：

「你說的這些話，有證據可以證明嗎？」

今野窺探我的臉色。你不會自己動腦判斷啊？他的一舉一動都讓我火大。

「把那個拿出來給大家看。」

我下了指示。今野將自己的手機放到桌上，開啟擴音功能，播放影片。

裸體正座的加藤占據了整個畫面。

我的瞳孔張開，原本該輸送熱量至全身的心臟，如今輸送的卻是冰冷的血液。就連第二次觀看的我都是如此，頭一次觀看的大家想必更嚴重，或許不該讓公主看的。

畫面外有道沙啞的嗓音喊：『開始。』加藤說出了年齡、學校和自己從來不說也不讓別人說的全名。『太小聲了。』沙啞的聲音再度響起，加藤這次改用近乎吼叫的音量複述剛才的台詞。他那瘦小的大腿上散布著許多黑色斑點，是用菸頭燒過的痕跡。

『你的名字真的很好笑耶！』

畫面外的聲音顯得樂不可支。

『重複說你的名字，直到我喊停為止。』

一次、兩次、三次、四次、五次——

咚！

圭吾捶了桌面一拳，下一瞬間，他跳過桌子撲向今野。今野發出尖叫試圖逃走，但是圭吾快了一步，拎住後領將今野拉倒，並用力往他朝上的臉旁數公分處踩下去。十五層樓高的醫療大樓彷彿微微地晃動了。

「你要感謝我沒往你那張臉踩下去。」

圭吾咂了下舌頭，恨恨地撂下這句話以後，回到沙發上。今野戰戰兢兢地起身，將手機收起來。孫凝視著空無一物的桌面，喃喃說道：

「他可以跟我們說啊。」

這種心情我懂，我也這麼想。不過——

「他要怎麼開口跟平時瞧不起他的人說他被人欺負成這樣？」

「是加藤在逞強吧？我們哪有瞧不起——」

「你敢說沒有嗎？」

我打斷孫，滔滔不絕地說道：

「你真的敢說我們平時沒有瞧不起他？我們常說他矮，說他聲音很尖，說他沒長陰毛，偶爾甚至還會拿他的名字來取笑他。你敢說這樣的我們沒有瞧不起他嗎？」

孫沒有回答，只是落寞地看著我。我的雙肘拄著桌子，額頭放在交握的手上。

「有誰敢說事情變成這樣不是我們的錯？」

「我敢說。」

我抬起臉來，視線與面帶微笑的公主對上了。那是充滿自信的微笑，讓人知道她並不是在說安慰話。公主把手放在自己的胸口，閉上眼睛。

「你們的這個地方很堅強。」

這個地方——她指的應該不是心臟，而是心靈之類的。

「我想，應該是因為你們吃了不少苦吧，所以你們跑得很快，不斷往前進。我看著你們，覺得好不甘心。好不甘心，又好焦慮。我討厭跟不上你們的自己。」

我們的速度，公主的速度——加藤的速度。

「不過，這種時候，有加藤同學在我身邊，笑著對我說：『他們跑得太快了。』讓我有種得救的感覺。我猜加藤同學其實也想跟大家一起跑，用可以甩開一切的速度奔跑。他覺得這樣最帥，所以做不到的自己——很遜。」

公主的聲調下降了。很遜——她知道對我們而言，這句話有多麼沉重。

「大家沒有瞧不起加藤同學，瞧不起加藤同學的，是加藤同學自己。我知道，因為我和他一樣，跟不上大家的速度。雖然跟不上的理由和他不太一樣就是了。」

公主打住話頭，開始咳嗽起來。最近，公主只要話說得久一點就會咳嗽。就算不願意，也看得出她和加藤不同的「跟不上的理由」是什麼。

「欸，」圭吾朝著桌子探出身子。「是誰的錯現在不重要，我們快去救加藤吧。」

「是啊。」孫站起來，發號施令。「這就出發吧。今野，把地點告訴我們。」

完全不看氣氛的正論冒出來了，不過，他說得對。

「現在就要去？」

「有什麼問題嗎？」

「去了以後要怎麼做？」

「邊走邊想就行了。」

「已經傍晚了，明天再去比較好吧？」

「你很囉嗦耶！反正帶我們去就對了啦！小心我宰了你！」

圭吾戳了戳今野的頭，今野畏怯地點了點頭說：「……知道了。」剛才被攻擊的恐懼，應該已經烙印在他的心底。活該。

「浩人。」

公主呼喚我。她的臉頰上浮現酒窩，開朗地笑道：

「我在這裡等你們，事情解決了以後聯絡我。」

——別拋下我一個人。

我確實聽見她這般心聲，因此大大地點了點頭。

「知道了，妳好好休息。」

我背向公主，離開病房，包含今野在內，四人一起搭上電梯。我看著不斷變化的樓層顯示燈陷入思索。我們的速度想必甩掉了許多事物，即使如此，我們還是不能停下腳步。

3

今野的表哥瀧澤高志是獨自住在高田馬場的大學生，住的是我家那種破爛公寓完全不能比的氣派大廈，聽說父母是有錢人。

「光看他拿父母的錢住在這種地方，我就很想宰了他。」

圭吾說出這番駭人的話語，把今野嚇壞了。

根據今野的說法，加藤並沒有被關起來，只要他想逃還是可以逃走，可是不知何故，他沒有逃跑，而瀧澤和狐群狗黨的惡行越演越烈，今野認為再這樣下去會鑄下大錯，才跑來向我求救。我說：「你放加藤逃走不就行了？」今野回答：「要是我這麼做，就換我倒楣。」我聽了滿肚子火，很想痛扁他一頓，不過現在的首要任務是救回加藤，所以我硬生生地忍住了。

我們賦予今野「把加藤帶出來」的任務，送他進瀧澤的套房。等加藤出來以後，先好言勸說，帶他回家，之後的事之後再考慮——這就是我們的作戰計畫。街燈含蓄地照耀著尚早的夜晚，我們三人坐在離大廈公用玄關有段距離的護欄上，等待加藤出來。

「要是那些狐群狗黨也一起出來該怎麼辦？」

孫從旁詢問搖晃雙腳的圭吾。

「如果打起來，你打得贏多少人？」

「不曉得。我帶了武器來，應該沒問題。」

「武器？」

「對，就是這個。」

圭吾摸索白色防風外套的口袋，拿出火藥槍。那是和我一起闖進「月之旅人」的聚會時用的那把火藥槍。

「準備得真周到。」

「浩人叫我出來的時候，我就有預感會大幹一場。你沒帶傢伙嗎？」

「沒帶什麼特別的東西——」

孫突然打住話頭。我和圭吾循著他的視線望去，只見兩名少年從大廈走出來，一個是今野，另一個是——

「加藤！」

我大聲呼喚加藤。加藤察覺走上前的我們，驚訝地瞪大眼睛。他的服裝和失蹤時一樣是運動服，頭髮亂七八糟、皮膚乾燥這兩點也一樣，唯一不同的是左眼有一大片瘀青。

「你沒事吧？」

孫撫摸瘀青，加藤困惑地點頭。「啊，嗯。」圭吾敲了加藤的後腦一下。

「我們找你找了很久耶，害我們花這麼多功夫。」

加藤摸了摸被敲的地方，依序望著圭吾、孫和我，表情猶如誤闖夢世界，囈語般地喃喃說道：

「……你們怎麼會在這裡？」

「今野來向我們搬救兵，我們是來救你的。」

我用拇指指著縮成一團的今野。加藤的眼睛出現生氣，從夢中回到現實。

「回去吧，你爸媽和哥哥也都很擔心。詳情回去再說。」

我用右手握住加藤的左手。他的手很冰冷，我險些放開了，又立刻重新握好，並拉著他的手，打算盡早離開現場。

加藤狠狠地甩開我的手。

被甩開的手又麻又痛。加藤瞇起圓眼瞪著我。他的眼神就像是挨父母罵而鬧脾氣的小學生一樣毫無魄力，但是已足以停下我們的腳步。

「不要多管閒事。」

聽到這句冷冰冰的話語，我才察覺。沒錯，我們去加藤家時也是這樣。無論是我們或加藤，都和那時候一樣，沒有任何改變。

「我打算自己解決。你們果然都瞧不起我，覺得我一個人什麼都做不到。」

既然如此，結局——當然也不會改變。

「我已經不想跟你們在一起了。」

加藤握住雙手，大聲叫道：

「你們懂不懂啊！」

加藤轉過身，拔腿就跑。圭吾和當時一樣大叫：「加藤！」而加藤也和當時一樣沒有停下腳步，以猛烈的速度融入黑夜裡，消失無蹤。

「結果又回到起點！」

圭吾踢了護欄一腳。砰！金屬震動聲響起。如果只是回到起點倒還好，但這次加藤真的無處可去，最壞的情況下搞不好會自尋短見。

「浩人！快追！」

「……已經太遲了。」

「總比在這裡發呆好吧！」

「別擔心，不用追。」

我循著冷靜的聲音回頭一看，只見孫正在滑手機。我本來想說「這種時候你還在幹什麼」，又想起這種時候幹這種事的他往往是最可靠的，便閉上嘴巴。不久，孫滿意地說了聲「好」，朝我和圭吾遞出手機。

那是這一帶的地圖，上頭有個緩緩移動的藍點。莫非是——

「這是加藤？」

「對。我把防盜用的ＧＰＳ定位器從錢包拆下來，塞進加藤的運動服口袋裡。算是追蹤魔法。」

「你一開始就料到加藤會逃走?」

「怎麼可能?我只是覺得他的樣子怪怪的,為了安全起見才這麼做。」

「那你怎麼不直接阻止他逃走?」

「抱歉,事情發生得太快。」

「別說了,快走吧!」

圭吾催促。此時,旁觀的今野插嘴說:

「……欸。」

「啊?」

「我該怎麼辦?」

「不知道!去死啦!」

今野縮起肩膀。「你先留在這裡好了?」孫留下完全沒有助益的建議後,便一面看著手機一面邁開腳步。我和圭吾也隨後跟上,今野並沒有追過來。

加藤在附近的私立大學旁邊的公園停住了,我們不再邊看手機邊前進,而是拔足疾奔。我們隨即抵達公園,這會兒則是停止奔跑,消除腳步聲。必須在被加藤發現前找到他,我們小心翼翼地在公園裡緩步前進。

加藤垂頭喪氣地坐在暗處的長椅上。

我們交頭接耳地開作戰會議,決定了方針。首先分散開來,堵住加藤的逃脫路線,接著由我接近加藤，和他說話。別嚇著他，不帶敵意，保持開朗的口吻。

「加藤。」

加藤察覺我，緩緩地抬起頭來。確認他沒有逃走的意思以後，孫和圭吾也現身。我們三人隔著一段距離，與眼神空洞的加藤面對面。

「你──」

我往前踏出一步，這才發現加藤垂在兩腿之間的雙手捧著某樣東西。那是──

「……為什麼拿著菜刀？」

「剛才買的。我要用這個殺了那些折磨我的人。」

殺人──加藤斷然說出這個強烈的字眼。圭吾用勸諫的語氣對他說：

「算了吧，你不適合做這種事。」

「囉嗦！不是適不適合的問題，是我必須這麼做！」

加藤揮舞菜刀站了起來。見我們忍不住往後退，他露出滿意的笑容，把手臂水平打直，用菜刀刀尖指著圭吾。

「圭吾，你和你爸打了一架，對吧？」

見加藤突然提起舊事，圭吾狐疑地皺起眉頭。

「你爸把你打得鼻青臉腫，那時候我真的覺得你爸好狠，怎麼會有人對親生兒子做這種事？被那種人養大，家庭環境太不正常了。」

「……你是要跟我吵架嗎？」

「你有發現我其實很嚮往這種家庭環境嗎？」

圭吾睜大眼睛。加藤露出冷笑，這回把菜刀指向我。

「不只圭吾，浩人和孫也一樣，我一直很崇拜你們。沒有爸爸的妓女之子、在日本出生長大的中國人，我一直覺得你們很帥。我明明知道你們因為這樣的背景吃了多少苦，我卻完全不在乎你們的痛苦，只覺得這樣的設定很帥、很羨慕你們。我就是這種人！」

加藤大叫。我想起公主的話語。瞧不起加藤的不是我們，而是加藤自己。

「分一點擔子給我扛吧。」

加藤用散發朦朧光芒的刀尖指著我，露出泫然欲泣的笑容。

「我受夠了只當個名字很怪、很好笑的人，我也要帥氣的設定。殺人以後進少年輔育院，超帥的吧？」

「一點也不帥。」

我立刻回答，挺起胸膛，理直氣壯地說道：

「我們看起來很帥，是因為我們真的很帥，你少天真了。」

菜刀的刀尖微微下垂，又立刻抬起來。

「……閉嘴。」

加藤蹬地而起。

「閉嘴～～～～～～～～～」

加藤用雙手將菜刀架在腰間，如子彈般朝我直衝而來。我一動也不動，杵在原地看著他。不能逃，我必須相信他、接受他。這是為了讓我們能夠繼續保有本色。

加藤的確和我、圭吾或孫不一樣。

我、圭吾和孫都有和人吵架後，雖然錯的不是自己卻被老師要求道歉的經驗，都有朋友因為父母交代「不可以和那個孩子玩」而離去的經驗，可是加藤沒有。人並不是生而平等，我們已經不是不懂這個道理的年紀。

即使如此，那又怎樣？

即使如此，我們還是擁有絕對相同的事物。

「浩人！」

孫叫道。菜刀的刀尖觸及我的衣服，我有種接觸部位燒焦的錯覺。說得誇張點，就像是彼此靈魂交融那麼熾熱。

加藤把雙臂往內縮。

菜刀縮回去，小小的腦袋撞上我的胸膛。加藤倚在我身上，把臉埋在我的胸口，微微地搖頭。

「為什麼？」細若蚊蚋的聲音詢問：「你為什麼不閃開？」

那還用問？因為我們都是國中生。

「因為——」

我把手放到加藤頭上，溫柔地回答：

「你不可能做出拿刀捅我這麼遜的事啊。」

菜刀從加藤的手中滑落，加藤抓著我發出低鳴聲。我一面撫摸抽泣的加藤背部，一面抬起頭來，凝視著高懸於秋天夜空中那輪接近滿月的月亮。

我們和止住眼淚的加藤一起爬上攀爬架。

這麼做沒有理由，勉強要舉出一個，就是長椅坐不下四個人。不過說穿了，應該只是因為我們想爬到高處。笨蛋、煙霧和國中生都喜歡高處。

我們坐在攀爬架頂端，把這些日子發生的事告訴加藤。加藤完全低估自己引發的事態嚴重性，聽到警方發布失蹤協尋時大吃一驚地問：「真的假的？」

圭吾傻眼地說：

「我倒想問你，為什麼你不覺得會發布失蹤協尋？」

「因為圭吾以前也離家出走兩個月過啊……」

「你家跟我家的反應怎麼可能一樣？笨蛋。」

加藤縮起下巴。我聽著開始找藉口的加藤和不容許他找藉口的圭吾爭論，仰望因為攀爬架而變得更近的夜空。鼓膜內側突然傳來另一個浩人的歌聲，我也跟著哼了起來。見狀，孫問道：

「THE BLUE HEARTS？」

「嗯。」

「什麼歌？」

「〈夜晚的盜賊團〉。」

「好酷的歌名。」

「不過曲風很柔和。那是一首描寫朋友的歌，一起開車兜風，一起喝啤酒。我們拿到駕照以後，也這麼做吧。」

「那是酒駕耶。」

「司機加藤不准喝，所以沒問題。」

「為什麼！別鬧了！」

加藤立刻吐嘈。我笑了，加藤也抹了抹鼻子，露出孩子氣的笑容。然而，終於萌生的祥和氛圍卻被圭吾粉碎。

「對了，加藤，接下來你打算怎麼辦？你是出來跑腿的吧？還要回去嗎？」

加藤的表情倏地黯淡下來。就不能委婉一點嗎？真是的。

「老實說，我手機快被打爆了……」

「我想也是。哎，沒差啦，不用理他，回家吧。」

「這樣好嗎？」

是孫。

在三人的凝視下，孫難得慌了手腳、支支吾吾。那大概真的是未經大腦思考就脫口而出的話語，只見孫一面揀選言詞一面說道：

「我只是覺得就這麼回去，心裡不太舒服。也不是說會怎麼樣，就是一路挨打，有點不甘心……」

「我懂。」

我盤起手臂，大大地點了點頭。我懂，懂到不能再懂的地步。

「你說得沒錯。就算你沒說，我也會說。」

我豎起右手的三根手指，湊到加藤眼前。

「你現在有三條路。」

我彎下食指以外的手指，代表「1」的意思。

「一，當作一切都沒發生過，什麼事都不做，除非對方還不肯罷休。如果對方罷休，事情就結束了。這是最省事的方法。」

豎起中指，代表「2」的意思。

「二，去向警方報案。光是那個瘀青就足以成立傷害罪，其他應該也還有可以告他的地方。這是最妥當的方法。」

豎起無名指，代表「3」的意思。

「三，靠我們自己的力量報仇。方法之後再想，能不能成功不得而知。不過，這是最好玩的方法。」

最後，我把拇指和小指也一併張開，將手放到加藤的肩膀上。之前，這隻手被他甩開了——我一面回想過去，一面笑道：

「要怎麼辦？」

加藤用右手撫摸下巴，垂下臉來。他在思考，不過大概不是在思考該選哪一個。答案已經決定，尚未決定的是——如何回答。

「我決定了。」

加藤抬起頭來，朝我舉起豎起一根手指的右手。

「我要選最帥的那個方案。」

——答得好。

我豎起張開的手掌，轉向加藤，加藤和我擊掌，發出清脆響亮的聲音。下一瞬間，失去平衡的加藤哇哇大叫，摔下攀爬架，圭吾見狀捧腹大笑。「遜斃了。」

4

作戰會議先從詢問加藤想怎麼做開始。

加藤詢問：「做什麼都可以嗎？」我回答：「做什麼都可以。」加藤又問：「不具體也可以嗎？」孫回答：「不具體也可以。」加藤接著再問：「不用考慮可行性嗎？」圭吾說：「你再囉哩囉嗦的，我就把你推下去。」並把手放到加藤肩膀上，加藤連忙進入正題。

「你們知道主犯是今野的表哥吧？」

「嗯。」

「我想要一對一正面打倒他。」

沉默。

三人將視線從加藤身上移開。不可能吧——這句話不用說出口，也可以從我們的態度得知。見狀，加藤戰戰兢兢地繼續說道：

「果然有困難嗎？」

我和圭吾面面相覷地露出苦笑。來這裡之前，今野給我們看過瀧澤的照片——五人以上的幫派系舞團裡，約有百分之九十五的機會有這種團員的金髮平頭男。圭吾說他「大概打得贏」。連圭吾都只是「大概」，加藤如何，不言而喻。

「若是要製造一對一的狀況，應該辦得到。」

孫用手指將眼鏡往上推，平靜地說道：

「我想，今野的表哥瀧澤，應該也沒打算把事情鬧得這麼大。他大概和今野一樣，不知道該怎麼收場，正在傷腦筋。」

「你怎麼知道？」

「我本來以為他是一無所有的小混混，誰知道他居然住在那麼氣派的大廈裡。鬧出了國中生失蹤案，對他應該很不利吧？」

「對喔，原來如此。」

「所以如果我們說『只要你答應一對一對決，這件事可以就這麼算了』，他應該會答應。畢竟這句話的意思等於『不答應對決，我們就去報案』。不過……」

孫側眼看著加藤。我明白你想說什麼，非常明白。

「你是想說我贏不了，所以還是沒意義，對吧？」

「嗯，哎，是啊。」

「打架我是贏不了，不過比別的或許可以贏吧？」

「比如說？」

「……撲克牌之類的。」

「比撲克牌贏了，你會滿足嗎？」

「……不會。」

加藤垂下頭來。圭吾插嘴說道：「不然玩ＵＮＯ？」加藤大聲說道：「意思還不是一樣！」確實很困難。要一對一，加藤有勝算，贏了可以讓他一吐怨氣，最重要的是要夠帥氣才行。撲克牌最大的問題就在這裡，太遜了。單論這一點，就沒有付諸行動的價值。

「我來找找看有沒有什麼好點子。」

圭吾從防風外套的口袋裡拿出手機。我的腦海一隅突然想起什麼。這麼一提，圭吾的防風外套裡——

——就是這個。

「圭吾。」

我呼喚滑手機的圭吾。圭吾回過頭來，我對他伸出右手的拇指和食指。手槍的形狀。

「把這個拿出來。」

約一小時後，我們回到瀧澤居住的大廈。

今野從大廈出來迎接我們。他一直像隻棄犬一樣哭喪著臉，現在則像是一度被收養又再次被丟棄的狗。仔細一看，他的眼睛有點紅腫。我們用加藤的手機向瀧澤說出一切，想必今野是因為和我們互通聲氣的事曝光而被教訓一頓。

「嗨，抱歉，搞成這樣。」

今野用充滿怨恨的眼神看著我，但他發現圭吾在瞪他，又變回棄犬般的眼神。他微微地吐了口氣，一臉疲憊地抱怨：

「我還是很討厭你。」

是嗎？我已經沒那麼討厭你了。就算被你討厭也無所謂，因為我擁有讓我不在乎這種小事的好夥伴。我甚至很感謝你讓我察覺這一點。

我們跟著今野進入大廈，穿過公用玄關，前往電梯間，等待上樓的電梯。我發現加藤十分緊張，替他揉了揉聳起的肩膀說：「放輕鬆。」

「……你說得倒簡單。」

「那我告訴你一個好情報。耳朵借一下。」

我把臉湊近加藤的耳邊，將拜訪公主的病房前在家裡獲得的情報告訴他。聞言，加藤大吃一驚，高聲問道：「真的假的？」

「真的。現在覺得怕成這樣很蠢了吧？」

「的確……是嗎？原來如此。」

電梯到了，大家都進去，並在瀧澤的套房所在的樓層下了電梯，走過鋪著褐色地毯的走廊，來到一扇金色門把的門前。

今野按下電鈴，一個頭髮帶有紅色挑染的男人隨即現身開門，又默默地回去。今野踏入屋內，我們也隨後跟上。玄關的鞋櫃上有個籃子，裡頭放著好幾把顏色鮮豔的飛鏢，不知何故，我一看就火大。

走進客廳，米黃色地墊上擺著一張玻璃桌，桌子另一側的沙發上坐著三個男人。從我的方向來看，右邊是剛才開門的紅色挑染頭，左邊是初次見面的雷鬼頭，至於中間則是——

「你就是瀧澤？」

我決定強勢一點。瀧澤咂了下舌頭。

「你知道要做什麼吧？」

「只要跟那個矮子比輸贏就行了吧？」

「對。如果你不願意，拍個跪地磕頭的影片也可以。」

「少胡說，小心我宰了你。」

瀧澤的聲音充滿威嚇，並非沒魄力，只是和之前對峙過的流氓老大根本不能比，簡直是大人與小孩。

「要做什麼快點說，快點了結。」

「嗯，知道了。」

我從牛仔褲口袋裡拿出火藥槍和六發火藥彈，扔到玻璃桌上。槍撞上厚厚的玻璃，發出冷硬的鏗鏘聲。

「俄羅斯輪盤。」

瀧澤工整的眉毛微微挑動一下。

「六發子彈裡有五發是用過的空包彈，只有一發沒用過。把六發子彈全裝進手槍，槍口對著耳朵，你和加藤交互扣下扳機。如果中了沒用過的子彈，鼓膜大概會破裂吧。」

瀧澤撫著下巴，陷入思索。沒想到他居然沒有一口答應，還挺聰明的。

「子彈由誰來裝？」

「今野。」

「我？」

「除了你以外，沒有適合的人選吧？」

我冷淡地對大為動搖的今野說道。瀧澤默默地瞪著火藥槍，過一分鐘後，才緩緩地轉向今野開口。

「尚文。」

「咦？」

「你要是跟這些傢伙串通，我真的會宰了你。」

今野打直腰桿。談判成立，我對今野說「裝子彈吧」，走回原位。加藤則是走上前去，隔著桌子與瀧澤面對面坐下來。

「喂。」

「啊？」

「你最好趁現在查查看哪間耳鼻喉科有開放急診。要是你變成重聽，我晚上會睡不好。」

「……你別得意忘形，矮子。」

瀧澤的上半身往前傾。加藤有些畏怯地咬住嘴唇，但身體並未往後縮。這樣就夠了。加藤勇敢地對抗瀧澤，完全看不出先前曾經被當成玩具玩弄。

今野把火藥槍遞給我。我確認看不出哪顆是沒用過的子彈之後，把槍放到桌上，用手壓住，對加藤和瀧澤說：

「我一放手就開始，想先上的人就先拿槍，了解嗎？」

「嗯。」

「了解。」

「好，那就——開始！」

瀧澤朝桌上伸出右手，幾乎和我的手離開槍是同時，速度很快，我當時還是呈身體半蹲、右手浮在半空中的姿勢。瀧澤用右手抓起手槍抵著右耳，毫不遲疑地扣下扳機。

喀嚓。

是空包彈。瀧澤把槍扔到桌上，嘲笑發愣的加藤。

「你怕了？」

加藤的身子大大一震——不妙，氣勢被壓過了。

「你沒有幹架被人打破鼓膜的經驗，對吧？」

「……那又怎麼樣？」

「別畏畏縮縮的，快開槍。」

「囉嗦，用不著你說我也會做。」

僵硬的語調顯示出動搖。加藤用槍抵住右耳，閉上眼睛，緩緩地扣下扳機。

喀嚓。

空包彈。加藤鬆一口氣，把槍放到桌上。白痴，幹嘛露出那麼明顯的安心表情。我還來不及吐嘈，瀧澤便迅速拿起手槍，和開第一槍時一樣開了第三槍。喀嚓，空包彈。

「差不多了。」

瀧澤把槍放回桌上。加藤等了整整三十秒以上，才拿起槍來，用手指扣著扳機，槍口抵住耳朵。他舉起的手臂微微顫抖，讓我有股強烈的不安。

「你以為這遊戲是靠運氣嗎？」

瀧澤說道，加藤的手指停住了。

「不是。這種遊戲會贏的人就是會贏。主動開槍的人贏，畏畏縮縮地被迫開槍的人輸。」

別聽他的，快開槍——我在心中叫道。然而，加藤沒有行動，終於讓瀧澤說出最糟的一句話。

「快開槍。」

和第二槍時一樣，將「主動開槍」化為「被迫開槍」的話語。加藤用力閉起眼睛，帶著怕鬼的小孩般的表情，窩囊地扣下扳機。

喀嚓。

加藤垂下雙臂，低下頭。瀧澤的視線投注在加藤持槍的右手上。槍一離手，就立刻搶過來——他的眼神帶有這股意志，活像盯上獵物的肉食猛獸。

不過，加藤並未放開手槍。

瀧澤焦躁地用手指敲擊玻璃桌。叩叩、叩叩，宛若穿著木靴的小矮人在跳舞似的輕快節奏響徹客廳。

加藤抬起頭來，小矮人的舞蹈停止了。在一片寂靜中，加藤舉起持槍的右手，將槍拿到臉旁邊，用槍口抵住耳朵。

「欸。」

加藤開口，是清晰堅定、已然恢復平靜的聲音。

「我在電影裡看過，俄羅斯輪盤……」

他的食指扣住扳機，指尖彎起。

「一個人要連開幾槍都可以吧？」

手槍的旋轉式彈匣轉動了。

喀嚓。

裁判宣布贏家的聲音確實傳入我的耳中。加藤站起來，把槍扔到玻璃桌上，並對啞然凝視著火藥槍的瀧澤投以冷淡的視線與話語。

「輪到你了，我會好好看著，快開槍吧。」

瀧澤轉動臉龐，看了看左邊的紅色挑染頭，看了看右邊的雷鬼頭，接著又望向一旁的今野。他眉頭緊蹙，低聲呼喚：「尚文。」

「和他沒關係。」

加藤打斷瀧澤，指著今野說道：

「他和我沒串通，讓我贏的……」伸長的手指這回指向瀧澤。「是你。」

「啊？」瀧澤發出威嚇聲，但是加藤不為所動。高下立判。

「你不是說過嗎？主動開槍的人贏，被迫開槍的人輸。第五發子彈不管是不是空包彈，都會決定勝負，既然如此，只要我開槍，勝負就是由我來決定。我會想要主動求勝，不是等著勝利從天而降，都是因為你。多虧你，我才會開那一槍。」

加藤放下手臂，雙手扠腰，豪邁地說道：

「謝謝你讓我贏。」

——好帥。

這下子沒得挑剔了，加藤獲得最棒的勝利。只不過——

「喂！」雷鬼頭站起來。「這樣我不服氣。」

——我想也是。手槍裡只剩下一發實彈，他不可能乖乖開槍。

「你們根本沒說過可不可以連開兩槍吧？」

雷鬼頭逼近加藤，紅色挑染頭和瀧澤也一樣走上前去。我們立刻往加藤靠攏，製造出四對三互瞪的構圖。

「不然這樣如何？」

孫用掌心向上的右手示意瀧澤等人，打破這個僵局。

「你們有三個人，自己挑一個來開槍吧。」

瀧澤等人面面相覷，一瞬間，空氣產生裂痕。如果他們就此開始起內鬨，倒也挺有趣的，不過這不是我們的目的。我們事前討論過了，要是演變成這種局面，就要設法製造機會。

圭吾猶如一陣疾風，衝上前去。

他鑽進雷鬼頭懷裡，一拳打向心窩，並趁著雷鬼頭嘔出胃液時踢向側腹，雷鬼頭隨即不省人事。紅色挑染頭大概是想罵「王八蛋」，可是說出口的只有「王」，和雷鬼頭一樣，被圭吾一拳一腳給打趴，兩人化作兩個呻吟的肉塊收工了。圭吾甩了甩手，孫對他說道：

「他們什麼事都還沒做，這樣不會太狠了嗎？」

「沒被打就不能打人是法律的規矩，不是打架的規矩。再說……」

圭吾用猛獸般的銳利眼神瞪著瀧澤。

「他們也不是什麼事都還沒做。」

瀧澤往後退，加藤進逼，站到瀧澤面前，說出剛才我在電梯前告知的情報。

「嗨！」那是媽媽跟我說的壓箱祕密。「聽說你是真性包莖？」

瀧澤的臉上浮現動搖。加藤沒有放過這一瞬間，握緊拳頭打向瀧澤的下巴。要打就打下巴，因為威力會直貫腦門——這是圭吾的建議。

瀧澤的身體搖搖晃晃，砰一聲倒下來。這下子真的是完全勝利了。加藤朝著我們露出靦腆的笑容。

「回去吧。」

「嗯。」我點了點頭。我們四個人一起離開套房，踏上歸途。搭電梯下樓時，加藤的肩膀微微地顫抖，不過我裝作沒看到。

我們抵達御徒町站時，時間已經過了晚上十點。

我在車站前和孫、過了昭和路時和加藤、經過學校旁的公園時和圭吾一一道別，不久，我住的公寓映入眼簾。就在我鬆懈下來的瞬間，公寓前的電線桿後方出現一個眼熟的少年，我忍不住皺起眉頭。

「……嗨。」

今野向我打招呼，我沒好氣地應一句：「幹嘛？」今野扭扭捏捏地抬眼望著我，看起來真噁心。

「你怎麼沒跟你表哥在一起？」

「我哪待得下去啊！都是因為你們——」

今野打住話頭，垂下臉來，喃喃地繼續說道：

「不是，是因為我自己，都是我的錯，所以我才來道歉。對不起。」

今野深深地低下頭，溫順的態度令我困惑不已。這小子怎麼回事？吃了什麼奇怪的東西嗎？莫名其妙。

「你搞錯道歉的對象了吧？」

「我去學校的時候再跟他道歉。」

「那你先去找他啊，幹嘛來找我？」

「向他道歉和向你道歉是兩回事吧？該怎麼說呢……我想好好跟你道歉，不光是為了今天的事。」

認識今野至今的回憶在腦海中流動，說來驚人，沒半點好的回憶。我們根本沒有可以重修舊好的交情，他向我道歉毫無意義。今野之所以做這種毫無意義的事，是為了——

「不然這麼辦吧。」

——是啊，你也是國中生。我明白，你也不想當遜咖吧？

「我的答覆交給加藤決定。加藤原諒你的話，我就原諒你；加藤不原諒的話，我也不原諒。」

「不，我是要向你——」

「受害最深的是加藤，所以我叫你先去向加藤道歉。可是你道完歉以後又來找我很麻煩吧？所以一次解決就行了。這就是我的答覆。」

我背向今野，朝公寓走了幾步以後，又停下腳步，回過身來揮了揮手說：

「拜拜。」

今野的表情活像看到狗食的狗，倏地開朗起來。我竊笑著走上公寓的樓梯。媽媽休假，玄關大門沒有上鎖，我打開門說聲「我回來了」，屋裡隨即傳來回應：「你回來啦。」

我穿過客廳，走進自己的房間，沒開燈就躺到床上。蒼白的月光像小偷一樣從床邊的小窗入侵，照耀我伸長的腳，見狀，我突然想起一件事而坐起身子。

公主。

我拿出手機打電話給公主，只響了三聲鈴聲就停了。我想快點告訴她加藤平安無事的消息，懷著興奮的心情等她出聲。

『喂？』

硬質的男聲讓我的心情急速萎靡，月亮國王為什麼偏偏選在這時候冒出來？我壓抑著想咂舌頭的心情，月亮國王對我說道：

『你是七瀨同學吧？』

「對。呃，我想跟令嬡說話，可不可以請她來聽電話？」

『不行。』

——混蛋。我還以為他差不多放鬆戒心了，真是個頑固老爹。

「只是講幾句話而已，不會太久。」

『……哦，不是這個意思，是真的「不行」。』

「咦？」

『那孩子現在在ＩＣＵ。』

「ＩＣＵ？」

『說加護病房，你應該就懂了吧？』

猛烈的衝擊從鼓膜直竄腦門。

我回想起最後一次見面時的公主。她雖然笑著說等我聯絡，我卻聽到她「別拋下我一個人」的心聲，莫非就是預感到這件事？我胡思亂想，無法冷靜下來。

『剛才病情惡化，送進加護病房。離開加護病房以後，應該會去無菌室病房吧。她暫時不能和任何人見面說話，所以這陣子你們別來探病了。』

「……知道了。」

『謝謝。有新的狀況，我會再聯絡你。』

對話結束，但是月亮國王沒有掛斷電話，我也無法掛斷電話。彼此默默無語，過了數十秒以後，一道帶著雜訊的聲音乘著電波傳入我的耳中。

『對不起。』聲音虛軟無力。『替她祈禱吧。』

電話掛斷了。

我把手機放在床上，打開小窗探出上半身，一面感受秋風，一面扭頭仰望天空。

覆蓋天空的黑幕上有個洞。我伸出右臂，張開手掌遮住那個洞，並一口氣彎起手指。夜空中的大洞——月亮，被我的手握扁了。

決戰。

這個字眼浮現於腦海中。

第五章　月亮公主之詩

1

我已經不記得那是幾歲的時候。

只知道我當時還小，無論是手腳、身體或大腦，全都很小。對我而言，世界寬廣遼闊、無邊無際，存在任何事物、發生任何事情都不足為奇。表情豐富的火車邊說人話邊工作，擁有生命的紅豆麵包一拳打爆壞人，全是在世界上某處發生的真人實事。我必須當個乖寶寶，這樣以後遇見他們的時候，才會被稱讚——當時我的人生就是基於這種邏輯運作。

教導我世事的，當然是媽媽。媽媽對我而言，是無所不知的神。媽媽說「晚上吃冰，睡覺時肚子會爆炸」，所以我晚上不吃冰；媽媽說「不把玩具收好，玩具箱會爆炸」，所以我乖乖收拾玩具。換作現在的我，鐵定會吐嘈：「妳也太喜歡爆炸了吧。」不過當時的我深信不疑。因為媽媽是神，不相信才有毛病。

所以，當我走在月色皎潔的夜路上，媽媽對我說「月亮上住了人」，我也會相信。

「住了什麼樣的人？」

我興奮地詢問牽著我的手的媽媽。媽媽望著高掛在天空中的圓月，得意洋洋地說：

「公主。」

「公主？」

「對。而且她在地球上也待過一段時間。」

「真的嗎？」

「真的。」

我吐了口熱氣。媽媽說是真的，那就是真的。在地球上待過一段時間的公主。這麼說來——

「她還會再來嗎？」

媽媽歪頭納悶。我重新問一次：

「她還會再來地球嗎？」

媽媽明白了我的意思，露出溫和的微笑。

「應該會吧。」

「那就可以和她見面了！」

「是啊。浩浩想和月亮公主見面嗎？」

「想！」

我精神奕奕地回答。由於太有精神，媽媽不禁露出苦笑。「希望可以見到她。」說著，她用力握住我的手。

沒錯。

我一直想見妳。

打從還不會說自己的名字時——

我就想見妳了。

十二月舉行了三方面談。

要走的路已經決定好，只要往前邁進即可。不知道是不是因為這個緣故，保坂對我讚不絕口，聽得我都有點噁心起來。令郎把志願學校提高的時候我很擔心，不過現在已經達到錄取水準。我沒想到他會進步這麼多，大概是因為他和朋友的交流沒那麼頻繁，可以專心念書的緣故——聽了保坂這番話，我忍不住想回：「先前是誰說我社交能力有待加強的啊？」不過我沒有說出口，因為場面不合宜，而我也沒那種心情。

面談結束以後，保坂說：「我想和令郎說幾句話。」將媽媽請出教室外。待媽媽離開並關上門以後，保坂把手臂放在桌上探出身子。不知道保坂是以什麼表情看著我？垂著頭的我只看得見樸素的藏青色領帶。

「你最近怎麼了？」

沒想到他的眼睛還挺利的，又或許是我表現得太明顯。

「沒有啊。」

「別說謊，看著我。」

我抬起頭來。只見保坂板著臉孔，但是眼角有點擔心地下垂。

「要不要跟老師商量看看？」

「這不是跟別人商量就能解決的問題。」

我不想浪費時間進行無謂的對談，便用強硬的語氣斷然拒絕。

「這樣啊。」保坂喃喃說道：「哎，現在這個時期心情難免比較浮躁，情緒也會變得不安定。」

保坂縮起身子，椅背發出了模糊的咿軋聲。

「只不過，要是情緒繼續低落下去，煮熟的鴨子也會飛走。你現在擁有無限的可能性，要放眼未來，堅持下去。」

才沒有。

無限的可能性根本不存在。我既不是天下無敵，也不是舉世無雙，只能逞口舌之快，實際上還是得對無力扭轉的現實低頭。就連這個道理，我都是直到現實擺在眼前才明白。我就是這樣一個長不大的國中屁孩。

「……是啊。」

我無力地喃喃說道。沉默片刻過後，我說了聲「謝謝」離開教室。在外頭等候的媽媽看到我的模樣似乎誤會了，笑道：「被罵得很慘喔？」

☽

平安夜前夕。

我在孫的房間裡用功。孫當然也在場，除此之外，還有圭吾和加藤。公主病倒以後，我們的聚會地點恢復為孫的房間。相隔一陣子從王座回到根據地，起先有點不自在，但現在這種不自在感已經淡去。人是會適應的，就算不願意，也會很快就適應。

自動鉛筆在紙上遊走的聲音響徹房間。我現在鮮少跳過問題，只是默默地持續解題庫而已，即使如此，我們每天還是自然而然地聚在一起，大概是因為我們不想改變某些無形的事物吧。

「浩人。」加藤一面轉筆一面問我：「你知道明天要去哪裡約會了嗎？」

猶如節拍器一般循著固定規律作響的孫的寫字聲，在一瞬間中斷了，隨即又若無其事地響起。

「還不知道，她完全不跟我說。」

「是要搭她爸爸的車子去吧？是不是很遠啊？」

「誰曉得？真的一點提示也沒有。」

「哦。」

加藤停止轉筆，重新拿起筆來指著我，天真無邪地笑著，以開朗的口吻說：

「哎，無論如何，平安夜跟女朋友約會，讓人好羨慕喔。臭現充。」

我回答：「只是還跟了個老爸。」這樣回答可有像是個平安夜要跟女友約會的現充？我不知道。這麼一提，我最近很少照鏡子。

「禮物買好了嗎？」

孫加入話題。我含糊其辭：「嗯，買好了。」加藤立刻追問：「你買了什麼？」圭吾拄著臉頰，開口說道：

「該不會是對戒吧？」

我險些叫出來。

雖然及時忍住，但遮掩不住晴天霹靂的表情，所以一點意義也沒有。加藤面露賊笑，興沖沖地說道：

「哦，原來是對戒啊！哦～」

「幹嘛啦？」

「沒什麼。哎呀，對戒啊！哦～」

我要宰了他。我放下自動鉛筆站起來。加藤大叫：「反對暴力！」躲到圭吾身後，孫則是面露苦笑。

「我覺得很好啊，很符合浩人這個浪漫主義者的作風。」

「你是在幫腔還是在損我？」

「都有。」

孫毫無愧色地說道。被加藤抓著肩膀的圭吾從旁插嘴：

「欸，你該不會還刻了字……」

「閉嘴。」

我狠狠瞪了圭吾一眼。不愧是已經破處的男人，猜得準確無誤，不容小覷。

「這個話題到此為止，我不會再回應了。」

我硬生生地打斷話題，默默念書的時間又開始了。沙沙、沙沙，堅硬的聲音淹沒狹窄的房間，孫依然看著筆記本，開口說道：

「浩人。」

「唔？」

「跟公主說我等著她。」

「啊，也幫我說。」

「還有我。」

我抬起頭來。瞪著參考書的圭吾、從容解題的孫、手肘抵著桌子轉筆的加藤，沒有人看著我，但他們的心全都注視著我。

——謝謝。

不，不對，這樣就沒意思了。我明知沒有人在看我，還是露出笑容，耍酷又耍帥地斷然說道：

「知道了。」

上野這座城市對聖誕節不感興趣，因為每逢過年前後都會大肆慶祝，把精力全放在上頭了，因此聖誕花圈、聖誕樹和聖誕老人都少得驚人。

在這樣的城市出生長大的我，當然也對聖誕節不感興趣，所以從來沒想像過自己平安夜在大衣口袋裡放了禮物出門約會的模樣。

我在醫院大廳與睽違已久的公主見面。和病倒之前完全沒變——當然不可能。她的臉頰消瘦許多，毛領針織衫和藏青色長裙看起來都變得鬆鬆垮垮，不過笑著打招呼時的表情和開朗的聲音依舊如昔，我才能勉強回以笑容。

在公主的父親——月亮國王的帶領下，我們前往醫院的停車場，坐進車裡。我和公主坐在後座。月亮國王一發動引擎，車裡便響起另一個浩人的歌聲——〈為了妳〉。公主倚著我，喃喃說道：

「這首歌選得很好吧？我刻意安排的。」

「嗯。」

「如果你也能像這首歌一樣對我明說就好了。」

「……我喜歡妳更勝神明。」（註3）

「……太敷衍了。」

公主嗤嗤笑著，一如播放的歌詞那樣，把臉頰埋在我的肩膀上閉起眼睛。我轉向正面，隔著後照鏡與月亮國王四目相交。他的視線不帶平時的敵意，可是這比敵意畢露更讓我難受。

公主提議「平安夜去約會」，是在我三方面談的隔天。

從加藤事件解決的那一天起，公主一直待在無菌室病房。為了抑制「返月性症候群」，必須依靠特殊藥物提升魔力，但是魔力太強，會破壞自己的免疫機能，一旦抵抗力降低，連普通病菌都是種威脅。因此，需要控制龐大的魔力時，就會使用無菌室——這是公主在電話中的說明。進入無菌室期間，外出受到極大限制，可以帶進病房的東西也不多，公主常打電話向我抱怨：『在沾上病菌之前，我會先無聊死。』

就在這個時期，公主邀我去約會。『有個地方我想和你一起去，有點遠，我會跟爸爸借車，外出許可已經申請好了。』一聽到這番話，我立即意會過來。現在的公主不可能因為約會這種理由而外出，就算她的狀態可以外出，周圍人也不會允許。所以，這一定是——

最後的——

「浩人？」

我猛然回過神來。公主用甜美的聲音說道：

「怎麼了？發什麼呆？」

「抱歉，我在想事情。」

「真過分，這是約會耶，你要把心思放在我身上才行。」

公主伸出手來，硬生生地把我的臉轉向她。

「今天要去我出生的故鄉。」

「故鄉？」

「對，小學畢業前，我都是住在那裡。哎，其實也沒我說的那麼遠。」

「去那裡做什麼？」

「把你介紹給我從前的朋友認識。」

介紹給朋友認識。公主歪起櫻花色嘴唇，露出淘氣的微笑。

註3：出自THE BLUE HEARTS〈為了妳〉。

「我要炫耀男朋友，你可要好好表現喔。」

公主放開我的臉，再次倚在我的肩膀上，閉上眼睛。靠得太近了吧——我期待這樣的話語從駕駛座飛來，窺探後照鏡，但是月亮國王的視線已經不在我和公主身上了。

2

公主的故鄉是個閑靜的住宅區，距離各站停靠的私鐵車站約二十分鐘路程。雖然有超商、超市和家庭餐廳，卻沒有百貨公司、電影院或娛樂設施。房子也盡是獨棟平房，沒有高樓大廈。不過，街道相當整齊，沒有老舊的感覺。與其說是跟不上時代，倒像是停止追逐時代。

車子在一棟奶油色牆壁的屋子前停下來。我和公主下了車，來到掛著「吉田」名牌的門前。公主伸出右手手指，放在對講機的門鈴上。

「不知道在不在家？」

「妳事先沒有聯絡嗎？」

「突然上門才好。要是沒遇上——就是命運。」

叮咚！

鈴聲之後，對講機的另一頭傳來女聲：『哪位？』公主回答：「相馬望。」沉默了一會兒過後，對方的聲音突然變得很興奮。

『望？』

「嗯，是啊。是奈央嗎？」

『對！咦？真的假的？天啊！等我一下！』

對講機掛斷了。沒多久，玄關大門猛然開啟，穿著胭脂色運動服的短髮女孩奔向公主。

「哇！真的是望，好久不見～」

「超級久的～」

公主和女孩手拉著手跳來跳去。這是女生特有的神祕儀式。

「妳怎麼突然來了？」

「我來到附近，就順便過來看看妳在不在家。」

「謝謝～我好開心喔～」

我看著興高采烈的兩人，腦中浮現理所當然的念頭：「公主也是個女孩子啊。」她們嬉鬧一陣子以後，叫做奈央的女孩瞥了我一眼。公主立刻指著我開口：

「這是我的男朋友。」

「不會吧！妳交了男朋友？」

公主輕輕拍了拍我的背部，大概是叫我上陣。我走上前去，輕輕地低下頭。

「妳好，我叫七瀨浩人。」

「你好，我叫吉田奈央，是望以前的死黨。」

死黨。腦海裡突然浮現圭吾等人的身影，但我們從來不對其他人說「我們是死黨」。

「七瀨同學是望的同班同學嗎？」

「啊，呃……」

「是我在街上搭訕認識的。」

「搭訕？」

吉田同學拉高聲音。公主手扠著腰，得意洋洋地說道：

「我不知道什麼時候得回月亮，對吧？所以在那之前，想在地球上交個男朋友。我第一次搭訕就成功了，很厲害吧？」

心臟猛然一震。

「好厲害。有什麼訣竅嗎？」

「嗯，應該是靠臉吧。」

「哇～又來了。七瀨同學應該不是單看臉決定的吧？」

「咦？嗯，是啊。」

「浩人，你說清楚啦，這樣好像我是靠臉釣到你的。」

「妳自己剛才就說是靠臉釣到的啊。」

熱鬧的對話持續著。我插不上話，像個智慧音箱一樣，只有在話鋒轉向我的時候簡短地答話。不久後，公主表示「該走了」便散會。我和公主坐上車子，公主打開車窗，朝著吉田同學揮手。

「再見。」

「嗯，再見。」

車子發動，後照鏡映出的吉田同學變得越來越小，車子轉個彎，便看不見她的身影。我對望著流動景色的公主說道：

「她也知道月亮王國的事？」

「嗯，這邊的朋友幾乎都知道。『返月性症候群』的症狀是在我小時候開始出現的，所以我什麼都說了。反正也沒理由保密。」

公主帶著懷念與幸福的表情喃喃說道，可以明顯感受到她深愛著出生長大的故鄉。剛才的女孩就是前代輝夜姬騎士團，當然，或許當時並不叫這個名字。

「接下來要見的人都知道這件事，所以你不用太拘謹。」

公主笑了。「再見。」「嗯，再見。」——剛才的對話在腦中重播，不知何故，我好想隨便抓個東西狠狠打一頓。

公主之後又去找了三個朋友。

兩個女生，一個男生。男生以現在的輝夜姬騎士團比喻，就像是圭吾那樣的人，和我說話時的態度也很豪爽。公主介紹我時，他說：「真的假的？虧我以前暗戀過妳。」大概是在說謊吧。倒是公主回答「怎麼不早說？」時的眼神有點落寞，搞不好以前喜歡過他。

見完第四個朋友之後，車子離開住宅區，但是沒有折返原路，而是駛向完全不同的方向。拜訪最後一個朋友家約三十分鐘後，我們抵達下一個目的地。

墓園。

大家下了車，買了線香。月亮國王用木桶舀水，提著木桶走在墳墓如梯田般排排並列的墓園裡。在薄暮中，我們經過好幾個一成不變的墓碑，最後，目標終於現身。

香爐上留有風化過後的線香，墳墓周圍長滿低矮的雜草。不知是不能來？還是不想來？這座墳墓似乎有點疏於打理。

相馬家之墓。

月亮國王開始拔墳墓周圍的草，我也加入幫忙。兩個男人默默拔草、擦拭墓碑，準備祭拜。

打掃完畢，月亮國王用打火機點燃一把線香後分成三份，將其中一份遞給我。我們三人輪流上香，雙手合十默禱之後，月亮國王拿起裝著水和抹布的木桶，對公主說道：

「我把這個放回去，妳在這裡等我。」

那是在來時路上裝的，回程的時候順便放回去就行——我當然沒這麼說。看著離去的寬廣背影，我在心中深深地低頭致謝。

「現在只剩下我們兩個人了。」

公主露出挑釁的笑容，我回了句毫無意義的話語：「是啊。」我不想浪費得來的時間，卻不知道該說什麼才好。

「……今天的約會，為什麼選在故鄉？」

「嗯，我本來就打算找一天帶你來的。我也想介紹朋友給你認識。」

「為什麼？」

「我想炫耀嘛。再說，要是在介紹之前我就回去月亮，今天見到的那些朋友們以後不經意地想起我的時候，我不就都是孤家寡人嗎？可是，介紹你給他們認識之後，他們想起的就會是我和你。『這麼一提，她那時候還帶了男朋友來呢。』這有很大的不同。」

公主已經很久沒提過回歸月亮的事，這次提起，不知是有意還是無心。

「欸，」聲音有點顫抖。「我有東西要送給妳。」

我把右手插入大衣口袋裡，將包裝過的四角盒放在掌心，遞了出去。公主拿起盒子，雙眼閃閃發亮地問我：

「可以打開嗎？」

「可以。」

公主拆開包裝，打開群青色盒子，拿起並排的兩只金色戒指之一，看了刻在內側的字說：「這是浩人的。」並一臉開心地遞給我。我接過戒指，套上自己的左手無名指，公主則是將另一只戒指放在左手掌心上，朝著我伸出來。

「幫我戴上。」

我用右手拿起戒指，左手扶著公主的左手腕，見了比自己記憶中細上許多的手指不禁暗自心驚。我戰戰兢兢地把戒指套到她的無名指上，果不其然，鬆鬆的。

「抱歉，尺寸好像不合。」

「沒關係，尺寸不重要。真的很謝謝你。」

公主用右手食指撫摸戒指表面，幽幽地吐了口氣。

「還刻了字，應該很貴吧？」

「我媽有個朋友是開飾品店的，給了我熟人價。」

「這樣啊，替我說聲謝謝。」

公主大大地張開左手，把掌心對著天空。傍晚的月亮懸在伸出的手掌前方，要說是半月似乎過大，要說是滿月又略嫌不足。

「不曉得媽媽有沒有看到？」

公主放下手臂，對身旁的墓碑投以憂傷的視線。

「其實根本不需要這種東西，因為媽媽只是回到月亮上而已。」

「……那怎麼行？至少對外宣稱她是過世了吧？」

「是啊。可是每次來祭拜的時候，我心裡都覺得怪怪的。媽媽明明不在這裡，對著不在的人雙手合十，感覺真的好奇怪。」

公主再次抬頭仰望月亮。

「我回月亮以後，爸爸會來這裡嗎？」

——別說了。

「應該會吧。一想到這一點，我就很憂鬱。想跟我說話的時候，只要看著月亮就行了，因為我一直在那裡。」

別說了，別說了，拜託妳別說了。

「浩人。」公主對我露出開朗的微笑。「你不用來這裡沒關係。」

「別說了！」

一陣強風吹過。朔風撫動樹木，葉片摩擦的聲音掩蓋吶喊。我抓住公主的雙肩，拚命說道：

「別說回月亮以後的事了。我們不是說過會保護妳嗎？圭吾、孫還有加藤，大家都在等妳，都說要等妳回來。」

我一個勁兒說道，並未咀嚼心思就直接吐出來。

「沒有弱點嗎？」

我到底在說什麼？到底想說什麼？

「我知道月亮使者很厲害，但還是會有弱點吧？應該會有打到那一點就能打倒他的罩門吧？要不然，要不然——」

妳的人生又算什麼？

我閉上嘴巴。公主把我的手從雙肩上拿下來，踩著徐緩的步伐離開我。一步、兩步——走到三步之外時，她回過頭來，雙手背在腰後笑道：

「歌。」

透明的聲音響徹寒冷的天空。

「月亮使者討厭地球的歌曲。宇宙沒有空氣，也沒有聲音，對吧？月亮上的聲音也很微弱，所以沒有音樂文化。對於月球人而言，音樂是種無法理解的事物，聽了歌會讓他們心頭亂糟糟的。」

公主大大地張開雙臂，就像是鳥兒張開翅膀。

「所以，唱歌吧。如果我陷入危險，你就想著我大聲唱歌。這樣一定能把月亮使者趕跑，輝夜姬騎士團又可以繼續冒險。」

唱歌。用心為公主唱歌，就能把月亮使者趕回去。亂七八糟，不知所云，可是很美、很浪漫，簡直是——

——童話故事。

「……歌。」

「對，歌。」

公主走向我，從下方抬起眼來窺探著我。

「你不願意為我唱歌嗎？」

我搖了搖頭。公主笑盈盈地牽起我的左手，用雙手包住。金色的戒指反射餘暉，散發模糊的光芒。

「沒問題。」肩膀微微顫抖。「我們會贏的。」

我抱住公主，將單薄的身子擁入懷中，並用充滿敵意的眼神瞪著月亮。月亮只是懸在空中，沒有任何回應。

掃完墓之後，我們回到上野。

在醫院和公主道別以後，我不想回家，在上野公園裡遊蕩。就算上野對聖誕節再怎麼沒興趣，也不至於讓這麼大的公園閒置，到處都是燈飾，情侶也不少，只有我一個人豎起大衣衣領，孤獨地在公園裡徘徊。

不久，我來到枯萎的櫻樹纏上藍色燈飾而成的獨特聖誕樹前，往空無一人的骯髒長椅坐下，仰望著聖誕樹。我對著聖誕樹舉起左手，茫然望著無名指上的戒指在燈飾的光線照射下閃閃發光的模樣。

大衣口袋裡的手機震動起來，是來自陌生號碼的電話。我接起電話「喂？」了一聲，回應我的是一道熟悉的男聲。

『七瀨同學嗎？』

是月亮國王。模糊的意識立即恢復輪廓。

『我有話想跟你說。你現在人在哪裡？』

「上野公園。」

『公園的哪裡？』

我說明了自己的位置。月亮國王說：『知道了，我立刻過去。』掛斷電話後，我把大衣脫下來放到身邊，以免其他人坐下來。只穿襯衫和羊毛衫有點冷，我一面微微抖腳，一面等待月亮國王到來。

大約過了十分鐘以後，月亮國王出現了。他似乎是用跑的過來，嘴巴呵著白色氣息。

我重新穿上大衣，月亮國王則在空位坐下來。調勻呼吸之後，月亮國王吐了口氣，仰望聖誕樹喃喃說道：「好美。」

「……是啊。」

沉默。我感到不自在，坐立不安。月亮國王從大衣口袋拿出香菸盒，叼起一根菸，用掃墓時用過的打火機點上了火。

「原來您抽菸啊。」

「已經十五年沒抽了。女兒出生以後，我一根也沒抽過。」

月亮國王吐了口煙，凝視著消失於空中的煙霧啐道：「味道真噁心。」接著便把還沒抽到一半的香菸丟到地上，用腳踩熄。

「媽的。」一點也不符合他平時作風的髒話。「他媽的。」

月亮國王，公主的爸爸。

原想共度一生的妻子被月球人奪走，女兒也即將被奪走，有名無實的國王。我和公主相識不到一年，可是這個人從公主出生起就一直陪伴著她，足足有十五年了。

我不該問。

「沒有其他辦法嗎？」

但是我忍不住。

「沒有其他辦法可以救令嬡嗎？」

如果有的話，他早就做了。我很清楚這一點，卻停不下來。我想要希望，想要救贖，想要讓這個童話故事有個美好的結局。

我帶著堅定的意志望向月亮國王，月亮國王用有些洩氣的眼神看著我，無力地笑了。

「是嗎？」他感慨地說道：「原來你還沒放棄。」

月亮國王從長椅站起來，把手放到仍然坐著的我頭上，輕輕地摸了一摸。都國三了還把我當小孩，可是不知何故，我還挺喜歡這種感覺。

「我太太那時候，我也是這樣。」

月亮國王的手離開我的頭。

「直到最後一刻都沒有死心，不斷尋求希望。就連她過世的那一瞬間，我都還在祈求神明救她。」

月亮國王仰望天空，凝視著夜空中浮現的黃塊。

「結果還是無力回天。這個世界上沒有神佛。不過——」

燈飾與月光，人工與天然。月亮國王置身於兩種蒼白光線下，靜靜地輕喃：

「我並不後悔自己不曾放棄。」

月亮國王轉向我，對我投以充滿溫情的大人視線。

「——你也別放棄。」

月亮國王轉身離去。冰冷的夜風吹向臉頰，我摸了摸左手上的戒指，用力握緊拳頭，連指甲都嵌入掌心。

第二學期最後的上學日，放學後，我們四個老拍檔前往睽違已久的學校頂樓。雖然加藤有點不安地說：「不知道我還撬不撬得開？」不過實際動手，不到一分鐘就開了。走上頂樓以後，我們在頂樓小屋的陰影處坐下來，以免被其他建築物裡的人看見。

首先，我把平安夜那天發生的事告訴其他三人：前往公主的故鄉，和前代輝夜姬騎士團見面，祭拜月亮女王的墳墓，詢問月亮使者的弱點。加藤喃喃說道：「歌啊？」

「所以，浩人，你要唱歌嗎？」

「當然。」

「可是，還有醫生和護士在場耶，這樣你能放聲高歌嗎？」

「不行。所以我不去公主身邊，要去其他地方唱歌。」

加藤倒抽一口氣，戰戰兢兢地用試探性口吻問我：

「……這樣好嗎？」

「什麼？」

「我是說，搞不好是最後一面了。」

「就是為了不讓它變成最後一面，才要唱歌啊。」

我一口駁斥。加藤似乎還想說什麼，可是沒有說下去，而是用輕快的口吻說出截然不同的話語。

「是啊。不過，我對自己的歌聲沒什麼信心耶。」

「因為你的聲音永遠像小孩一樣。」

「不光要說我，圭吾，你呢？」

「你看過我玩音樂遊戲吧？」

「……啊，你的節奏感已經死了。」

他們義不容辭，也要一起唱，替我打了一劑強心針。不過……

「沒關係。」我沒轉向大家，而是自言自語似地喃喃說道：「我自己唱就行了。」

咻！冷風竄過我們之間。圭吾一臉不悅，加藤啞然無語，孫則是一派冷靜地用鎮定的聲音問我：「為什麼？」

我緩緩地轉向大家，指著混凝土地宣布：

「因為我打算在這裡唱歌。」

「這裡……你是指頂樓？」

「對，頂樓。平時鎖起來，禁止進入的場所。在這種地方放聲高歌的人會有什麼下場，應該不難想像吧？」

孫的眉毛微微地動了。

「要是偷偷摸摸地唱歌，就沒有意義。可是一旦被發現，絕對不可能全身而退。我不知道決戰是什麼時候，看她的樣子應該不遠了。我想，大概在大考之前就會到來吧。」

我們的戰役不只有這一場，大家現在都在和自己的未來奮戰，我不能輕易把他們拖下水。

「如果四個人一起戰鬥能夠提高勝算，我會拜託你們幫忙，可是，我不能把你們扯進這種聽天由命、孤注一擲的作戰計畫裡。所以，我一個人唱就行了。」

我斷然說道。加藤從旁插嘴：

「你要怎麼開鎖？」

「直接弄壞。」

「……真的假的？」

「真的。反正決戰時刻如果是假日，要入侵校舍，還是得打破窗戶才行。弄壞一樣東西和弄壞兩樣東西意思都一樣。」

加藤張大嘴巴。孫瞇起眼睛，彷彿在觀看耀眼的事物。

「非在這裡唱不可嗎？」

這是個很難回答的問題。我用手抵著粗糙的混凝土地面，緩緩站起來，抓住頂樓的圍欄，仰望淡藍色的冬季天空。

「我覺得在這裡，我最能放聲唱歌。」

國二的時候，我也曾這樣仰望天空，當時，白色的月亮就懸在空中。那是在幻想中能夠飛天遁地的我發現唯一一個超越幻想的現實。

「我曾帶著公主來這裡，一起跳樓，立誓要保護她。這是一切的開端，也是我的原點。在這裡我可以放下所有遲疑，不去想『好丟臉』或『我到底在幹嘛』這類多餘的念頭。」

我回過頭來背對護欄，對大家露齒而笑。

「所以我要在這裡唱歌。或許你們會覺得我很蠢。這是事實，我的確很蠢。我最能夠盡情犯蠢的地方，就是這裡。」

想說的話都說完了，只能請他們諒解。我和大家視線相交，等待他們的反應，而最先反應的是——圭吾。

「所以呢？」

預料之外的反應。我連眨好幾下眼睛，圭吾大剌剌地說道：

「你根本沒有回答問題啊。這和你要一個人唱有什麼關係？」

「……你有在聽我說話嗎？是在大考前耶，要是影響到在校成績——」

「反正我已經沒有分數可以扣了。」

圭吾打斷我，得意洋洋地說道；

「你知道我曠課幾天、被輔導幾次嗎？打破窗戶和弄壞鎖是我的看家本領，不帶我去，你會後悔的。」

「不，可是——」

「根本不用弄壞，直接打開就好啦。」

這回輪到加藤發聲。他晃了晃撬鎖用的金屬棒，淡然說道：

「我會幫忙的。偷東西和離家出走扣了我不少分數，所以對我的影響也不大。只不過，我要附上不破壞學校公物的條件。」

怎麼可能？

已經沒有分數可以扣、才剛扣過所以再扣影響也不大，怎麼可能？絕對有影響，他們一定明白這一點。

「你們——」

「沒用的。」

第三度中斷。孫推了推眼鏡問我：

「如果你站在我們的立場會怎麼做？想想看吧。」

如果我站在大家的立場——

我們之中有人下定某種決心，卻宣稱不想給大家添麻煩，要自己行動，不讓其他人幫忙。我對於這樣的人會有什麼看法？

那還用問？

當然是「別想一個人耍帥」。

「第一次來這裡的時候，我說過國中生的『中』是不上不下的意思，對吧？」

初夏的陽光氣味微微地在鼻腔深處甦醒。

「我要訂正那句話。」

國中生，既無法像小孩那麼單純，也無法像大人那麼認分，只會不斷妄想，熱愛帥氣的事物。

「是自我中心的『中』。」

三人幾乎同時面露賊笑，我的臉上也自然而然地浮現笑容。是啊，你們說得對，是我錯了。

上吧。聽天由命、孤注一擲，好得很。

我們是保護月亮公主的騎士團——輝夜姬騎士團。

☽

那是個平凡無奇的日子。

太陽沒有打西邊出來，天空也沒有染成黃色。迎接新年的阿美橫充滿喧囂，電視台在十二月拍攝的新春節目，大剌剌跟著「新年快樂」四字一起搭上電波。如此這般，一如平時的新年，記憶在經過的瞬間便會淡去，只要過上三天就會忘得一乾二淨。就在這種平淡日常系四格漫畫般的一天正要結束的夜晚。

當時我正在房間裡，一面用手機的擴音功能播放THE BLUE HEARTS的歌曲，一面用功讀書。媽媽去上班了。聽說色情行業在過年前後也很忙碌，他們稱之為「年尾砲」和「年頭砲」。

電話打來，音樂中斷時播放的歌曲是〈信〉。

我停下筆窺探手機畫面，解到一半的二次函數瞬間被我拋到腦後。在那之後才過了十天左右，如我所料，太快了。

是月亮國王打來的。

「喂？」

『是我。你現在方便說話嗎？』

「可以。」

『是嗎？那就聽我說。時候到了。』

時候到了。

我的喉嚨發乾，吞了口口水潤喉。什麼的時候到了？這個問題根本不用問。

『這樣就行了吧？』

我拜託月亮國王，時候到了一定要通知我。我一面暗自感謝他沒問理由就答應，一面清楚明白地回答：

「對，這樣我就能去打答應過令嬡的仗。」

『你沒有要過來，對吧？』

「我不能去。那邊的戰場就交給伯父。」

我吸一口氣，毫不動搖、毫不遲疑地說出希望。

「等到令嬡恢復健康以後再見面吧。」

隔一會兒，月亮國王簡短地替我加油：

『好，祝你好運。』

通話結束，我立刻穿上大家說好的最終決戰用裝備——立領制服。我並不喜歡學校，不過能夠讓我們發揮最強戰力的裝扮，絕對是這套衣服。

我整理好制服的領子，喃喃說聲「好」鼓舞自己，接著拿出手機，傳送訊息給平時的群組。

『輝夜姬騎士團召集令：

【對象】騎士團全員。

【任務】最終決戰。』

我抱著筆記型電腦衝出公寓，頭也不回地跑到校門前，一面調整急促的呼吸，一面仰望夜空。走著瞧，我會宰了你——我懷著這樣的氣概怒視滿月。

圭吾和加藤隨即到來，提著小紙袋的孫則是慢了一步。我們一起爬過封閉校門口的鐵門。上一次入侵時，孫和加藤替我從內側打開教職員用的便門，可是這次不行，得正面突破。

在被門封閉的樓梯口前，加藤拿出撬鎖工具。多虧他事先演練好幾次，鎖一下子就撬開來。我伸出手，猛然打開門。

四個人一口氣衝過樓梯口。樓梯口有感應入侵者用的感應器，會引來警衛和警察，可是，為了能夠多唱一秒鐘，我們必須早一秒抵達頂樓。

我們衝上樓梯，轉動頂樓的門把。放寒假前事先開啟的門鎖又被鎖上了。混蛋，不知道是誰幹的，只有在這方面特別認真工作。

「閃開！」

加藤在門前蹲下來，過不了多久，他便成功撬開門鎖。四個人一起衝上頂樓，月光照耀下的歌唱舞台。明明是敵人，還替我們打了這種氣氛十足的燈光。

「呃，警車來了。」

圭吾從操場反方向的護欄俯瞰地面，歪起嘴唇。我把筆記型電腦放在地上，接上孫裝在紙袋裡帶來的音響魔法發動裝置——USB音箱，啟動電腦，做好播放音樂的準備之後，便將電腦前面的位置讓給孫，走向操場那一側的護欄。

我抓住掛著紅色倒三角形危險標誌的柵門，一把拉開，與金屬摩擦的吱吱聲一同走到護欄外側，站在再往前一步就會掉下去的頂樓邊緣，將手背在腰後，雙腳打開與肩同寬，大大地挺起胸膛，仰望懸在夜空裡的滿月。

「倒數五秒。」

孫打了信號。我深深吸一口氣，冰冷的空氣灌滿肺部，細胞從內側緊繃起來。

「倒數四秒。」

第一首歌的前奏在腦海中浮現。我已經做好準備，隨時可以取出烙印在心底的音樂與節奏。

「三。」

另一個浩人想用音樂改變世界，而且他確實改變了不少。至少可以確定的是，如果沒有他和他的團員們的音樂，我就不會誕生到這個世界上。

「二。」

改變我，改變世界。用這個聲音，這首歌，這股意念。

「一。」

今晚的我——天下無敵，舉世無雙。

「開始！」

轟隆聲劃破黑夜。

該選哪首歌當第一首歌，想得我都快發燒了。

我左思右想，怎麼也得不到答案，最後決定挑出幾首給大家聽，請他們選擇，而三個人都選了同樣的歌曲，理由是「很帥」。我無從反駁，毫不遲疑地將那首歌加入播放清單的開頭。

甲本浩人作詞作曲，出自專輯《STICK OUT》。

——〈月亮轟炸機〉。

別想再往前一步，
道理和法律都禁止通行。
誰的聲音都收不到，
朋友和情人也進不去。

劇烈的音樂撼動世界，鮮明的節拍打動人心。一開始就是高潮，沒功夫帶入祈禱和心願這類低等的玩意兒。

「同學！」

腳下傳來聲音，是兩個從操場仰望我的制服警官。

「你在幹什麼！快住手！」

——吵死了，我剛才不是唱過了嗎？

別想再往前一步。

無論是道理、法律、原則、學說、邏輯、公理、定理、體系、常識、良知、俗例、教義、戒律、信條、教訓、因果、宿命或命運——

都不行！

那就是傳說的轟炸機。

這個城市也危險了，

該怎麼逃跑？

還是笑稱一切都是幻覺？

地上傳來的聲音和背後傳來的咚咚敲門聲混在一塊，看來是進入校舍的警察已來到頂樓。我相信門上的鎖和替我壓住門的大家，繼續對著滿月唱歌。

「快開門！現在還可以大事化小，小事化無！」

「我怎麼可能會開！白痴！」

圭吾隔著門罵道，我忍不住微微地笑了。我調整呼吸，從丹田發出聲音。

我坐在駕駛艙裡。

白月中央的黑影。

「鑰匙馬上就送來了！」

強硬的威脅聲傳來，使得我的歌聲略微走音，而孫的妙答抑制了走音。

「一插鑰匙就會觸電，請小心一點喔！」

威脅停止了，連敲門聲都跟著消失。我的嘴角又露出微微的笑意。

生鏽的駕駛艙裡。

白月中央的黑影。

「鬧夠了沒！」地上的警官不知幾時間拿出擴音器。「你們以為這麼做很帥嗎？」

挑釁觸動心弦，我險些反射性地停止唱歌反駁，不過背後的加藤快我一步，高聲說道：「當然啊！」他不顧一切地吶喊，「我們只做自己覺得很帥的事！」

——謝啦，加藤。

我找回了冷靜。沒錯，我們只做很帥的事，所以才在這裡唱歌。簡直是史上最帥吧？誰都別想否定。

可以一路直走嗎？

搞不好會一頭栽進湖裡。

就算找人商量，

我們的去路也不會改變。

背在腰後的手使上了勁，搖晃橫膈膜，吐出所有聲音。釋放到夜空中的聲音從鼓膜回歸全身，化為再次發聲的力量。永動機就此完成，我會繼續唱下去，唱到世界毀滅為止。

除了自己的聲音以外，所有聲音都從世界上消失。冰冷晚風的呢喃聲，地上與背後的喧囂聲，還有另一個浩人的歌聲與他的團員的演奏聲全都淡出融化。黑暗之中，我和燦然生光的月亮對峙，全心全力唱出自己的意念。

溫柔的笑容浮現於圓月之上。

——一個人嗎？

白皙得好似人造物的手指，宛若小矮人腳印的酒窩。在那一瞬間，我就墜入了愛河。愛到卡慘死，無法顛覆的上下關係。不過，這樣也無妨。無論誰上誰下，只要能夠一起共度時光就夠了。

——你要負起責任喔。

女性十六歲、男性十八歲即可結婚。三年後的我會變成什麼樣的人？我曾想過，或許自己會認清現實與界限，成為一個無聊乏味的人。不過。現在我不這麼想，因為有妳，因為必須保護妳，我沒有多餘的心思去想什麼界限。

——在在讓我感受到自己正和心上人在一起。

我也是。和妳在一起的時候，我總是確實感受到自己正和心上人在一起。不過這麼一提，我好像沒對妳說過。下次見面的時候，我絕對會說，絕對會告訴妳：和妳在一起，就是一種幸福。

——你們的這個地方很堅強。

是嗎？我覺得正好相反。因為我很軟弱，不敢面對其他人，只好用任何人也無法攀談的速度疾奔。真正堅強的，是抓住了這樣的我，讓我停下腳步的妳。多虧了妳，我才能變堅強，才有勇氣面對其他人。

回憶像雲霄飛車竄過腦海。聽過的話語、看過的景色、吃過的食物、聞過的氣味、摸過的觸感，全都伴隨著真實感復甦。和妳相識九個月，區區兩百七十天裡發生的大小事。

啊，好快樂。

「浩人！」

音樂停止了。

回頭一看，護欄的另一頭，大家正和破門而入的警官扭打成一團。沒有對手的警官朝著我突擊，就像動物園裡的猴子一樣抓著護欄鬼吼鬼叫。我再次仰望夜空，發現滿月的輪廓變模糊了。

音箱播放的音樂已經停止，但我還是繼續唱下去。模糊的視野裡，失去了帶唱的音樂，只能用窩囊顫抖的淚聲唱出的歌曲，無論是節拍或音準都變得亂七八糟。傳入自己耳中的聲音，猶如被踩扁的青蛙發出的垂死哀號，我不禁萌生絕不能有的念頭。

——好遜。

噪音無法消除，世界無法正常運作。我一面抽噎一面忍著反胃感擠出的聲音，已經不成歌曲。吵著要買玩具的任性小孩，調皮挨罵的幼稚園童。月亮使者一定也在嘲笑我吧：

「這小子陣仗擺得這麼大，到底在搞什麼鬼？」

背後傳來柵門開啟的聲音。

我回過頭，突然失去平衡，眼看著就要從頂樓掉下去，年輕男警官立刻將我一把拉住，並順勢壓制我，坐到我的背上，一面壓住我的雙手一面叫道：

「安分點！」

我抬起頭來，望著在遙遠彼方發光的滿月。月光落到覆蓋眼球的淚膜上，猶如窺探萬花筒似的幻想光景拓展於眼前。那幅光景遠比我有生以來見到的任何景物都更加美麗，殘酷地摧折渺小的我的心靈支柱。

我大聲吶喊。

「啊～～～～～～～～～」

隔天早上，月亮國王通知我公主回歸月亮的消息。

3

新學期的前一天。

我和正月結束以後沉靜下來的上野街頭一樣頹喪消沉，每天就只是起床和睡覺而已。我拜託大家「讓我靜一靜」，所以圭吾、孫和加藤都沒有聯絡我。媽媽似乎很擔心，可是我無法回應她。我好累，疲憊不堪。

我知道自己必須用功，在桌上攤開筆記本和參考書，可是依然無心念書，只是發呆。這時，筆記本旁的手機震動了，看到畫面上出現月亮國王的名字，我稍微清醒一些。

我煩惱著該不該接聽，在鈴聲響了十聲以後，終於接起電話。月亮國王淡然地告知來電目的：他有東西要交給我，叫我前往上野公園的噴水池廣場，就這樣。不帶任何顧慮的口吻讓我覺得格外自在。

我在外出服上頭加了一件大衣，離開家門，花了平時的兩倍時間前往上野公園，並在不久後抵達廣場。我找到了面色凝重地坐在噴水池畔的月亮國王，在他的身邊坐下來。

「謝謝你特地跑一趟。你是考生，還突然把你叫出來，真是過意不去。」

「沒關係，反正我現在也無法集中精神念書。」

「……是嗎？」

「您說要交給我的是什麼東西？」

「不用這麼急吧，這麼不想跟我說話嗎？」

月亮國王聳了聳肩，從風衣外套裡拿出香菸和打火機。我對點起香菸吞雲吐霧的月亮國王說道：

「您又開始抽菸了？」

「已經沒有需要顧慮的人，想做的事做一做，早點死一死。」

月亮國王望著消失在半空中的煙霧，喃喃自語般地說道。

「葬禮順利結束了。故鄉的很多朋友都來了。」

我有受邀，但是沒有參加葬禮。平安夜約會時見到的前代輝夜姬騎士團團員的臉孔，浮現於腦海之中。

「好奇怪。」我垂下頭來，恨恨地說道：「只是回月亮而已，還辦葬禮。」

月亮國王沒有答話，只是默默仰望天空。接著，他用攜帶式菸灰缸捻熄香菸，把手伸進大衣內側，拿出一本眼熟的褐皮書。

冒險之書。

「給你。」

月亮國王遞出冒險之書，我用雙手接過。不合理的重量沉甸甸地壓著我的手。

「裡面寫了很多你和你朋友的事，還有最後的訊息，也拿給你朋友看看吧。」

「我可以收下嗎？」

「沒關係，這是我女兒的意思。」

公主的意思。月亮國王看著啞然無語的我，突然笑了。

「你很愛我的女兒，不只是迷戀而已。你有資格收下這本書。」

戀與愛。說出這種老套對比的月亮國王，露出了些許靦腆之色。

「你有想過『戀』與『愛』的不同嗎？」

「沒有。」

「是嗎？我想過。結婚前，太太要我想的。我本來打算以後生了兒子要對他說，可是沒有兒子，趁現在還沒忘，就跟你說吧。」

月亮國王停頓一會兒，連著白色氣息一起吐出話語。

「想在那個人面前要帥就是『戀』，願意為那個人變遜就是『愛』。」

帥與遜。

這是我，是我們輝夜姬騎士團最重要的價值觀。月亮國王見我整個人都愣住了，詫異地問道：「有這麼值得驚訝嗎？」

「我沒想到像相馬先生這樣的大人也會用這種標準判斷事物。」

「為什麼？」

「不覺得很像國中生嗎？」

「是啊。不過，男人不管長到幾歲都是這副德行。」

月亮國王點燃新的香菸，迷迷糊糊地望著半空中吐了口煙。

「我也不是真的信神才依賴那種宗教。」

那種宗教——「月之旅人」。為彼此著想的公主和國王不知為何產生齟齬的部分。

「我只是想盡力而為，只要能賭上一把我都想賭。如果因此失去的只有我的錢，我下注是不會遲疑的。不過，事實上，我卻失去了比錢更加重要的事物，是你告訴我這一點。」

月亮國王垂下雙臂，手指間依然夾著點燃的香菸。

「我想保護她。」

香菸掉了，菸灰散落在混凝土地上。

「無論如何、再怎麼樣，我都想保護她。就算再窩囊、再遜，只要那孩子能夠得救，我都無所謂。可是——」

月亮國王張開雙手摀住自己的臉，用聽得出在哭泣的聲音詛咒似地反覆說道：

「媽的，媽的，媽的，媽的……」

這個世上唯一一個比我更加深愛公主的男人落淚了。我把捧著冒險之書的雙手放在大腿上，一心想著不能連我也跟著哭泣，凝視著如今已沒戴任何東西的左手無名指，默默陪在月亮國王身邊。

回家以後，我把冒險之書放進房間的抽屜裡。

我知道總有一天必須閱讀，但現在實在提不起勁。一旦讀了，世界就會改變，不知道會變好還是變壞。如果變壞，我大概就完蛋了，這樣的預感使我裹足不前。

晚上，我一如平時輾轉難眠。自從公主回歸月亮以後，我一直都是過著半夜三、四點才睡著，隔天早上十點左右起床的生活。可是，明天就開學了，我必須早點睡。我下定決心鑽進被窩，腦袋卻萬分清醒，怎麼也睡不著。未完成的事閃過腦海，攪亂我的心湖。

天人交戰三十分鐘後，我緩緩從床上爬起來，打開房間的電燈，拉開抽屜，拿出冒險之書。我閉上眼睛，一面撫摸放在桌上的冒險之書封面，一面靜靜地調整呼吸。

——不管了。

反正我已經故障，即使就這麼生鏽腐朽、損壞到無法修復的地步，意思也一樣，沒有任何不同。別恐懼，別畏縮。

別逃避。

我翻開了冒險之書。

『前一本日記還沒寫完，不過從今天起改用這一本。想寫的事情很多，不知道該從哪裡寫起。雖然從哪裡寫起都可以，可是我怕選擇其中一件來寫的時候，其他事情的記憶會淡去。這是我頭一次一口氣製造這麼多珍貴的回憶，我要寫下來，以免忘記這種感覺。』

我看日期，是從學校頂樓跳下來的隔天，輝夜姬騎士團創立不久前。

『心臟到現在還是撲通亂跳。被帶出聚會的時候、偷偷溜進學校的時候、還有從頂樓掉下來的時候，心臟都是撲通亂跳，可是跳得最厲害的，是被浩人抱住的時候。當時真的好誇張，就像全身都變成心臟一樣。我該怎麼辦？他八成是那種態度放軟就會得意忘形的類型，真傷腦筋。』

我翻動頁面。任命我們為騎士團的那一天，去流氓的事務所嗆聲的那一天，聽了圭吾真心話的那一天，還有——

『武鬥家圭吾大獲全勝！朝著充滿希望的未來Ready GO！

好奇怪的標題。不過，這是本人的要求，沒辦法。話說回來，圭吾同學可以上高中真是太好了，希望他在高中也能交到很棒的朋友。不過老實說，我想像不出比浩人他們更棒的朋友。每次看到他們四個人打打鬧鬧，我就好想變成男生加入他們。不過，還是算了，因為這樣就不能和浩人結婚。好不容易才訂婚的。

對了，我想起來了。我們要結婚，還交換了誓約之吻，這件事一定要寫下來。十八歲的浩人不知道會變成什麼樣的男孩？雖然他發下豪語說要當醫生治好我的病，但搞不好會乾脆地放棄。十八歲的我又會變成什麼模樣？希望頭髮能長齊，這是我最真切的願望。

咦？我居然在寫自己的未來。

哇！好厲害，太厲害了。我居然寫了三年後的事耶！哇！

好厲害，我是真的相信浩人會保護我。加油吧！我一定要穿上婚紗。打倒月亮使者！』

我的手停下來。

成塊的感情從胸口深處湧上，被我和著口水吞回去。我閉上眼睛一會兒，在腦中想像血液流遍全身的情景，再次動起手指。

『孫同學帶了女朋友來，還附上讓討厭中國人的爸爸認同孫同學的任務。唔，我很不想這樣寫，可是我覺得他們不太合適。和孫同學相比，她的想法太膚淺了，卻又干涉太多，大概馬上就會出問題。雖然女人的直覺一直在發出警告，不過決定權在於孫同學，我也不是什麼戀愛專家，如果能夠出乎我的預料，有個圓滿的結局就好了。』

我回想起和椿山同學初次見面時的情形。公主完全沒有露出覺得他們「不會有好結果」的神色，誰知心裡居然是這麼想的。女生果然不容小覷。

『孫同學和女朋友果然分手了。哎，這也沒辦法，畢竟太勉強。我覺得孫同學已經很能忍，雖然到最後還是忍不下去就是了。這件事讓我重新體認到越是冷靜的人，生起氣來越恐怖。我以後也要多加小心。

孫同學也真辛苦，只是待在日本，就要遭受這些待遇。不過就算他去中國，搞不好也一樣被當成日本人看待。如果真是這樣，未免太沒道理。

只不過，該怎麼說呢？我覺得被這些不合理待遇壓迫的孫同學看起來就像彈簧一樣，不斷蓄力，終有一天會彈得又高又遠。不只是孫同學，浩人和圭吾同學也給我這種感覺。被強大的力量壓迫卻沒有被壓垮的人，果然都很堅強。我也要變強，變得不會被壓垮，不會灰心喪志，不然就無法和浩人並駕齊驅。』

——妳太抬舉我了。妳比我更堅強，強上幾十倍、幾百倍。

『加藤同學離家出走已經三天，不知道現在在哪裡？在做什麼？我好擔心。如果我沒有昏倒，是不是就不會變成這樣？我該乖乖在病房裡休養的。現在再怎麼後悔也來不及了。

不過，我覺得自己比浩人他們更了解加藤同學，這一點應該沒有錯。加藤同學走路的方式和大家不太一樣，大家都是看著前方，加藤同學卻是看著大家的背影。我知道加藤同學自己也察覺這一點，而且不喜歡這一點，因為我也和加藤同學一樣。

認識浩人以後，我有什麼改變？

浩人正以驚人的速度成長。他說要當醫生的時候，我覺得根本是有勇無謀，但不知不覺間，他已經進步到絕非不可能的地步。可是我什麼都沒變，再這樣下去，我會被扔下，總有一天他會對我說「我沒時間陪妳玩騎士團遊戲了」把我拋棄。

我好害怕。

害怕我走了以後，世界還是繼續轉動。

老天爺，求求祢。

把時間暫停。

讓我們可以繼續下去，永遠當個天真無邪的國中生。

求求祢。』

我的手不自覺地使上勁。半年前還夢想著三年後要穿上婚紗的女孩，不知不覺間竟變得希望現在能夠永遠持續下去。她大概是預感到了吧。預感到月亮使者的來襲，以及我們的敗北。

我緩緩翻頁。日期突然跳了好幾天，是昏倒以後，在無菌室病房裡寫的日記。

『加藤同學的事好像解決了，真的太好了。不過，告訴我這個消息的浩人聲音聽起來好低落。雖然我跟他說「我沒事，打起精神來」，但其實他的情緒這麼低落讓我很開心，希望他繼續擔心我。有個能讓自己這麼想的對象，或許是件很幸福的事吧。

話說回來，無菌室還是和以前一樣無聊。多打電話給浩人，向他分點力量吧。加藤同學往前邁進了，我也想前進，和大家並肩奔跑。我一定會跑給大家看的。』

右下方畫了舉起一隻手來吆喝的貓，可以感受到公主的意志與決心。然而，接下來的氛圍卻有了莫大的轉變。

『今天沒發生什麼事，活像認識浩人他們之前，快無聊死了。從前的我真能撐，我都忍不住尊敬起來。』

『好累，沒力氣寫日記。算了，反正也沒事可寫。』

『我和浩人通電話，明明聊得很開心，我卻不記得聊了什麼。藥性很強，腦袋昏昏沉沉的。』

『待在這裡對我真的有幫助嗎？我覺得去外面和大家在一起，反而比較有活力。太奇怪了，這樣一點也不合理。』

簡短的文章，變多的喪氣話。接著……

『我今天拜託爸爸讓我和浩人最後一次約會。

其實我並不希望這是最後一次約會，爸爸也叫我「別說什麼最後」，不過，外出許可還是下來了。我想我的狀況是真的很危險吧。我自己的事，我自己最清楚。

我們要去故鄉掃墓。畢竟是平安夜，或許我該挑個更羅曼蒂克的地方，可是一想到這也許是最後一次，我說什麼也想去。不知道奈央過得好嗎？我還想去找小霞和理繪。不曉得阿拓跟小霞交往了沒？他一定是喜歡小霞，我就是因為這樣才退出的。

我要向大家介紹浩人，好好炫耀一番。這樣一來，就算這是最後一次，我和浩人也可以一起留在大家的回憶裡，這樣我就心滿意足了。當然，我不希望這是最後一次。已經很久沒有這麼令我期待的事情了，日記也寫了一大篇。加油吧，只要和浩人在一起，我就可以繼續努力。』

別看了。

心中有人如此警告我。前頭是斷崖絕壁，再走下去就無法回頭。停止探索，回去吧。不要緊，再痛苦的事，只要過了一段時間就會遺忘——

——我才不要遺忘。

我翻動頁面。

『今天和浩人約會，時間一轉眼就過去了。好久不見的浩人變得有點憔悴，不過我也沒資格說別人就是了。

他還送我禮物，是對戒，我好感動，這才想起我們訂了婚。還有三年啊？或許太久了。我很慶幸今天能夠交換戒指。

……這樣不行。難得和浩人見面，我還說這種喪氣話。浩人也訓了我一頓，我要好好反省。保護我的騎士團都沒有放棄，我自己怎麼可以先放棄呢？

唱歌是我隨口說的，不知道他真的會唱嗎？他會唱什麼歌？應該是THE BLUE HEARTS的歌吧。不知道他的歌聲好不好聽？還是個音痴呢？在醫院裡應該不能唱搖滾樂吧，那他會在哪裡唱？唔，我很好奇。

不過，無論在哪裡唱歌，都不成問題，我一定聽得見浩人的歌聲。如果浩人成功趕跑月亮使者，我要跟他說感想：我聽見了，好開心。

你好帥。』

水滴模糊了文字。

我擦拭流下的淚水和眼睛周圍，面對日記本。然而，淚水不斷奪眶而出，我用雙手摀住臉龐，發出野獸般的低嗚聲。

什麼輝夜姬騎士團。

根本是光說不練，只會逞口舌之快。耍帥說要保護她，給她只有安慰作用的希望，結果卻在最重要的戰役裡一敗塗地。與其這樣，不如別給她希望，讓她覺得「回月亮沒什麼好怕的」，至少心情會比較安詳。我們不該相識的。

我翻動日記本，翻開的左頁上沒寫任何東西，一片空白；右頁也沒有寫日記，只有大大地寫著九個字。有別於寫日記時那種圓潤的字體，這一頁是用端正拘謹的字體寫下的。

『給輝夜姬騎士團的大家。』

『除了我以外的人看到這則訊息，代表我已經不在地球上了。

好樣板化的開頭，不過沒辦法。樣板就是因為好用，才會變成樣板。話說回來，最先使用這種樣板的不知道是誰？待會兒來查查看。啊，變成普通的日記了，重來。

好，接下來我要留下最後的訊息給輝夜姬騎士團的大家。我給爸爸寫了信，不過留給大家的訊息，我覺得還是寫在這裡最好。如果大家想要的是信，那就抱歉囉。另外，我打算把整本冒險之書都送給浩人，請大家將就一下。

首先，我要謝謝大家為我而戰。

不知道大家是怎麼奮戰的？祈禱？還是唱歌？不過，既然看到這則訊息，代表大家輸了。哎，沒辦法，那些傢伙真的太強了，這就像是必敗的戰爭一樣，調適心情吧。

……哪有這麼簡單？我知道，抱歉說得這麼輕鬆。我只是覺得大家大概正因為打輸了仗而沮喪，必須表現得開朗一點而已。

呃，先從對全體騎士團的致詞開始吧。

自從四月任命大家為我的騎士團以來，和大家一起體驗了各種事物，真的很棒。無論是普通地打電動、念書，或是破天荒地去流氓事務所嗆聲，都讓我覺得好快樂。雖然也發生過讓人笑不出來的事情，可是事後回顧，同樣是美好的回憶。但加藤同學吃了不少苦頭，大概會說「一點也不美好！」吧。

大家也覺得很快樂嗎？

如果是，我會很開心。

今後，大家會踏入新的世界。我不知道大家還是會在一起或分道揚鑣，不過，總之將會展開新的冒險。到時候，希望大家偶爾也能想起和我一起冒險時的事。另存新檔，不要覆蓋原來的紀錄檔——除此之外，我就別無所求。

氣氛好像變得很感傷，還是快點進入給個別騎士團員的訊息吧，再寫下去，我自己心裡也難過。

首先，給「盜賊」加藤同學。

我要先跟加藤同學道歉。一開始聽到你的名字時笑了出來，對不起。當時沒有心理準備，忍不住就笑了。因為名字對加藤同學好像是禁忌話題，所以我也不好意思開口說「對不起，嘲笑你的名字」。直到現在才道歉，請原諒我。

在我心目中，加藤同學的形象是騎士團的開心果和小巧可愛的吉祥物。加藤同學是男孩子，被這麼說大概不會開心吧，不過，我覺得這是值得誇耀的事，因為這是加藤同學獨有的魅力，浩人、圭吾同學和孫同學都沒有。

我覺得加藤同學和我很相近。追不上喜歡的人，很痛苦吧？不過，四個人之中，最不會迷路的應該就是加藤同學。浩人他們很可能會受身上的重擔影響，誤入歧途，但是加藤同學可以朝著康莊大道前進。所以，當浩人他們因為擔子太重而快被壓垮時，請幫助他們。這是我交給加藤同學的最後一個任務。

接下來是「魔法師」孫同學。

我對孫同學沒有什麼可說的。不是因為孫同學不重要，而是我覺得我所想的事，孫同學大概老早就想過了，所以不敢亂說話。不管說什麼，大概都會被回「我知道」、「我明白」吧。

如果加藤同學是騎士團的開心果，孫同學就是協調者。我知道團長是浩人，可是我覺得光靠浩人、圭吾同學和加藤同學三個人，很難得到共識，孫同學就是在這種時候主持大局的副團長。

今後，孫同學面臨的國境線大概會越來越粗。不過，「不一樣」不等於「敵人」。我和你不一樣，可是我喜歡你——這種情形也很常見。所以不要想太多，放輕鬆吧。還有，對了，我想起來了，我要頒布抓狂禁止令。那麼做真的有可能被捕，你要小心點。

再來是「武鬥家」圭吾同學。

老實說，我本來很怕圭吾同學，畢竟起先是一頭金髮。不過，現在的印象和一開始相差最多的也是圭吾同學。我現在知道，其實圭吾同學比任何人都溫柔，之所以表現得那麼粗暴，只是因為不懂得表達而已。這種說法很失禮喔？對不起。

圭吾同學的感覺就像是騎士團的地基，只要在場，就能帶給大家安心。套用流氓的術語，就是「圍事」吧？好像不太一樣？總之，就算遇上束手無策的局面，只要有圭吾同學在，就會覺得應該有辦法解決。我不知道該怎麼形容，反正就是氣場很強大。

課業要多加油喔！好不容易能上高中，絕對不能浪費這個機會。圭吾同學偶爾會說出直搗核心的話，腦筋應該不差，所以一定沒問題的。順利考上高中以後，要多交朋友喔！這是命令。比起大考，我更擔心這一點，因為圭吾同學真的不擅言詞。

好，終於到最後一個人，我們的輝夜姬騎士團團長大人。

「戰士」浩人。

浩人就是愛耍帥。不，不只浩人，大家都有這種傾向，不過浩人最嚴重。從聚會上綁架我，帶我到學校頂樓，還一起跳下去，演得太過頭了吧。哎，因此墜入愛河的我沒資格批評就是了，因為真的很帥嘛。

不過仔細觀察，才知道這樣的浩人是騎士團的支柱。每次出怪主意的都是我或浩人，大家幫忙實現。聽說大家聚在一起的契機是浩人，或許是受到這一點的影響吧？最難得的是，大家都沒有半點不情願，真的是好朋友。希望大家上高中以後還能繼續保持友誼。

呃……

對不起，我有點語無倫次。明明有很多想說的話，卻在腦中擠成一團出不來。該怎麼辦？傷腦筋。

我來寫一下自己的事好了。

浩人跟我一起去過我的故鄉，對吧？我是上國中以後，為了方便到現在的醫院定期就診才搬來的，可是我在學校裡一直交不到朋友；沒多久以後，我就長期住院了，成天閒著沒事做，爸爸又開始送錢給莫名其妙的宗教，一切真的糟糕透頂。

後來，我突然產生一個念頭：去搭訕吧。繼續等下去，也不會有王子來迎接我，既然如此，只能主動出擊。所以，我就說我想去賞夜櫻，跑到外頭閒晃。

然後，我找上了浩人。

我不知道看在浩人眼裡，當時的我是什麼感覺，不過其實我很緊張。回去以後，我很後悔沒有交換聯絡方式就道別了，一直想著要是他沒來找我該怎麼辦。

不過浩人來了，而且接受了我。那天晚上偶然遇見浩人，真的是老天爺的安排。我的人生基本上都是倒楣事居多，或許就是把運氣全都留到那一天。

我很慶幸自己能夠遇上浩人。

或許浩人現在並不這麼想。畢竟現在在讀這則訊息，代表我已經回到月亮上。浩人是不是覺得「不該說那些做不到的事，給她無謂的希望」？

其實不用放在心上，因為我說「只是回月亮而已，沒什麼好怕的」是在撒謊。我一直很害怕，不想回去。認識浩人以後，我的確更不想回去了，也產生另一種恐懼，可是這遠比沒認識浩人好上百萬倍。這點我敢斷言。

我現在是一面看著浩人送我的戒指，一面寫下這則訊息。我的心情很安詳，也很幸福。話說回來，我寫了好多喔，要是大家成功趕走月亮使者，這些就全都白寫了。哎，也罷，到時候就紅著臉重看一遍吧。

不過，對了，有一點我倒是很不滿。浩人從來沒說過「我喜歡妳」或「我愛妳」之類的話，真的很愛耍帥耶。但是我要說。畢竟是最後一次了，我會說個夠本。

浩人。

我超喜歡你的。

真的很愛你。

而我有件事要拜託最愛的浩人。

那就是——』

讀完冒險之書以後，我用手機確認時間。

凌晨兩點。確認完後，我開始換衣服。要換上外出服，還是制服？我煩惱了一會兒後選擇制服。我在立領制服外加上學校指定的大衣，穿上學生鞋離開公寓。

我走在夜深人靜的街頭，沒往學校去，而是前往上野。來到鬧區，開始出現許多酒館或色情店等夜貓子店，我視若無睹，走向上野公園的不忍池。那是我和公主相遇的地點，也是起始之地。

我經過貼滿裸女海報的成人電影院，踏入枯萎的蓮花漂浮的不忍池。帶有池塘水氣的冰冷晚風「咻」一聲掃過臉頰，我連忙豎起大衣的領子。穿過弁天堂，來到乘船場，我回溯記憶，站在印象中的位置仰望夜空。

我凝視著缺了右半邊的月亮，想著上頭的王國和回到王國的公主。視野與思緒開始模糊。好遜，一點也不帥。我要快點埋葬這麼遜的自己。

我就像是要接住墜落的月亮一般，將雙臂完全張開，大大地吸一口氣，把刺骨的冷空氣吸入肺部——

放聲吶喊。

「啊啊啊！」

腦袋一片空白，眼底一片通紅，世界和自己都逐漸崩壞。

清空吧。

我將籠罩胸口的黑霧與無以名狀的感情一口氣全吐出來，藉此重生，就像從國中生變成高中生一樣。

「啊啊啊，啊啊啊啊啊啊啊，啊啊啊啊啊，啊啊啊，啊啊，啊，啊……」

氣接不上了，但我依然沒有停止吶喊，帶著一點也不留的覺悟吐出最後一口氣。

「……啊～」

身體因為缺氧而搖晃，我一屁股跌坐到地面上，一面抖動肩膀喘氣，一面仰望月亮，並察覺自己的臉上帶著睽違數日的笑容。

我深深地吸氣、吐氣。正如風從氣壓高的地方吹向氣壓低的地方，清空的體內逐漸充滿能量。或許是掌握了王國實權的她，從三十八萬公里之外輸送魔力給我吧。

我站了起來，拍掉制服長褲上的灰塵，拿出手機，略微考慮過後打電話給加藤。夾雜呵欠的聲音乘著電波傳入耳中，可知他是睡到一半被我吵醒的。

『浩人？怎麼了？』

「我有事要報告。」

『報告？』

「今天公主的爸爸把公主的日記給我，裡頭寫了給騎士團全員的訊息，也有給你的。」

加藤倒抽一口氣，聲音裡的睡意全消失了。

『她寫了什麼？』

「一言難盡。明天我會帶去學校，你自己看吧。還有——」

我用力握住手機，斷然說道：

「我一定會考上第一志願。」

…………………………………………

『……呃，你高興就好。』

「嗯，我高興就好。拜拜。」

我掛斷電話，又對孫和圭吾做了同樣的事以後才回到公寓。那一晚，我睡得又香又甜。我已經很久沒有如此熟睡。隔天來到學校，半夜被我吵醒的大家都向我抗議：「都是你，害我睡眠不足！」

第三學期，我把醒著的大半時間都拿來念書。

「沒問題吧？你這樣不會把腦子操壞嗎？」我用功到連媽媽都說出這種神奇話語的地步。娛樂幾乎全被我封印了，只留下不會打擾念書的音樂。另一個浩人和團員們的音樂給予我一種科學無法解釋的力量，我當然不會割捨。

應考當天，試卷寫得得心應手的我在考完試後傳了「我百分之百會上榜」的訊息到LINE群組裡。前一天剛考完第一志願的學校，但結果不甚理想的加藤回覆：『這是嘲諷嗎？』孫則是坦率地說：『恭喜。』至於圭吾毫無反應，他的應考日快到了，完全沒有多餘的心力搭理我。

到了放榜那一天，我穿著制服和大衣離開家門，在「御徒町貓熊廣場」和圭吾、孫及加藤會合，搭上電車，前往我的第一志願學校。

下了電車，我們穿過銀杏大道，走向應考時造訪過的學校正門，和其他身穿便服或別校制服的少年少女們一樣走進校門，來到擺著好幾塊板子的廣場。每塊板子上都貼著印有一排排數字的紙張，加藤指著板子，豪邁地笑道：

「要我替你看嗎？」

我皺起眉頭，嘟起嘴巴反問：

「為什麼是你去看？」

「要是落榜，我怕你休克啊，最好有個緩衝。」

「我才沒落榜。」

「浩人，考試不是靠感覺，是靠這裡。」

加藤敲了敲自己的腦袋。你在志願學校放榜前一天說過「好想吐」耶。一考上就得意忘形，真火大。

「我想幫你的忙，不然來這裡就沒有意義了。」

「不需要。我又沒叫你們來，是你們自己要來的。」

「因為我們會擔心嘛，對吧？孫。」

「是啊。要是落榜，我怕浩人會搞失蹤。」

「對吧？所以囉！」

「什麼叫『所以囉』？別鬧了。」

我狠狠敲了加藤的腦袋一下。「好痛！」加藤摀著腦袋，我故意對他嘆了一大口氣。

「你們只是想看我落榜時的反應吧？不過，很遺憾，這次我真的寫得很順手——」

「怎麼可能？」

圭吾插嘴。他用冷淡又粗魯的態度說出溫暖的話語。

「要是你落榜就不能鬧你了。我們想看的是你錄取以後高興得腿軟又漏尿，跑去買內褲替換的窩囊模樣。」

圭吾露齒而笑，孫和加藤也露出同樣的笑容——這下子絕對不能落榜了。哎，我不會落榜，也不會漏尿就是了。

「我走了。」

我背向三人，大步邁向貼著榜單的板子。來到板子前，我從大衣口袋裡拿出准考證，並用右手撫摸拿著准考證的左手無名指，一面感受戒指的堅硬觸感，一面閉目祈禱。

——保佑我。

我抬起頭來，一排排的數字映入眼簾。懸在藍天裡的白色月亮，似乎傳來溫柔安詳的聲音。

第六章　騎士團之詩

1

我不記得國中入學典禮時的事了。

既沒有滿懷希望地想像會有多麼美好的三年等著自己的記憶，也沒有絕望地想著必須在這種監獄裡度過三年的記憶，就在不知不覺間開始，又在不知不覺間結束。有人說喜歡的相反是漠不關心，說得一點也沒錯。當時的我，對自己的人生毫無興趣。

在這種狀態下展開的國中生活，就像站在昭和路斑馬線上感受往來奔馳於首都高速一號上野線的車子，事物從我遠處的上方呼嘯而過。知道有龐然大物在移動，雖然看不見也幾乎聽不見，但就是知道。不記得雞兔同籠是從什麼時候變成一次方程式，不過現在用的確實是一次方程式，可見得是在某個時間點學到的——就像這樣，流逝的時光斷斷續續，只有切割後的「現在」，淡而無味地持續出現於眼前又消失，必須從結果倒推才看得出成長。

不知不覺間來到國一的結業典禮。人生連載一整年的同學們都依依不捨，而每天都是獨立短篇的我完全無法理解這種感覺。我深切感受到自己的人生並非日積月累而成，深信這種短篇集般的人生會持續到明年、後年，甚至一輩子。

不過，一切都改變了。

日後結成「輝夜姬騎士團」的三個好夥伴，完全改變我的人生。我學會累積，明白時間是連貫的。後來，連月亮公主這個角色都登場了，連載內容越來越精彩。冒險、提升等級、挑戰新冒險，這些過程帶給我莫大的滿足——與恐懼。

害怕故事結束的恐懼。

那是人生還是短篇集、一再上演零碎結局的時候感受不到的恐懼，對於結束符號的忌諱。不想結束，不願畫下句點，希望能夠永遠連載下去。不知不覺間，我開始如此期盼。

然而，結局終究會到來。

緩慢，但確實。

我一直覺得自己大概哭不出來。

畢竟我對學校和班級沒有任何特別的感情。到校以後，看見教室黑板上寫著「一班最棒」，不過這個「一班」大概不包含我在內，而我也不想加入。畢業證書只是一張紙，畢業紀念冊也沒什麼看頭，因為參加學校活動時我的眼神大都是死氣沉沉。我本來以為如果有人哭，我就哭得出來，可是畢業典禮上，看到旁邊的女生發出「嗚哇！嗚哇！」這種宛若野生大猩猩威嚇敵人般的低嗚聲哭泣，我反而更沒心情了。能夠如此熱愛學校，真讓人羨慕。這不是諷刺，是真心話。

保坂說了些勵志的話語之後，最後的班會課結束了。想到從此以後不再是國中生，我終於萌生一絲落寞。接下來還有家長也會參加的懇親會，想當然耳，我選擇缺席，也拜託媽媽「看完畢業典禮以後就回去」。

我扛起書包，打算離開教室。

「等等，七瀨。」

保坂抓住我的肩膀，並用拇指指著走廊，示意「去外面談」。要找看不順眼的學生最後一次麻煩——應該不是這麼一回事吧？我乖乖走到外面。

保坂默默無語地在走廊上走了一會兒後，倚在樓梯附近的窗邊牆壁上，我則是站在一旁。他並未轉向我，喃喃自語似地說道：「畢業啦。」

你在說什麼廢話？蠢蛋——我沒這麼說，而是回答：「是啊。」保坂裝模作樣地嘆一口氣。

「你真的給我添了很多麻煩。態度差，不聽話，甚至還在晚上入侵學校，搞得連警察都來了。擺平這些事費了我不少功夫。」

「……對不起。」

「知錯就好。哎，這是老師的工作，不用放在心上。」

那就別在這裡賣人情啊——我沒這麼說，而是回答：「謝謝。」關於這件事，我承認自己確實欠他一份人情。

「你還記得我在十二月說過的話嗎？」

「十二月？」

「我說你有無限的可能性。」

哦，這麼一提，他是說過。只不過……

「你不相信吧？」

當然啊——我沒這麼說，而是回答：「啊……」保坂微微地聳了聳肩。

「哎，怪不得你。不過，這是真的。你還年輕，可以走上任何路，也可能走上任何路。周圍的人怕你走錯路，難免會嘮叨一點。」

保坂打開走廊的窗戶，倚著窗緣，俯瞰幾乎還沒有人踏上歸途的安靜校園，感慨良多地說：

「我在你這個年紀的時候，想當太空人。」

「真老套。」

「別笑，我還查過怎麼成為太空人。不過，最後我還是參加了普通的考試，進入普通的高中，就這麼上了大學、成為老師。」

「這麼說來，老師不是因為想當老師才成為老師的？」

「一開始就志願當老師的人少之又少，大多是放棄了其他夢想才來當老師，所以大家都想趁著還來得及的時候給你們忠告。這是過來人的經驗談。」

有個女學生經過我們面前，向保坂道別：「老師再見～」保坂回了句「再見」，又繼續說道：

「大概是因為現在可以在網路上查到各種資訊吧，和我們國中那個年代相比，你們較能客觀地審視自己，認清自己的定位，朝著社會期望的方向成長。雖然比較不用大人操心，但是也變得無趣多了。不過，你很有意思。」

保坂的嘴角浮現柔和的笑容。

「你一直在掙扎，反抗這個容易認清自己上限的時代。稱讚乖孩子是老師的職責，因為不這麼做，那些為了被稱讚而循規蹈矩的學生就得不到回報。不過老實說，在班上，我最喜歡的是你。」

聽到這番意外的話語，我睜大眼睛。保坂離開窗緣，轉向我說：

「放心吧，這個世界還沒單純到光憑你上網查到的知識就能夠掌握的地步，到處都是意想不到的可能性。所以，你一定要牢牢抓住。這是沒能抓住無限可能性的男人給你的最後一個忠告。」

保坂像是望著太陽似地瞇起眼睛，那是看著耀眼事物時的眼神。擁有無限可能性的我，和沒抓住無限可能性的保坂。

——是嗎？

原來他很羨慕我啊。

「老師。」我還來不及思考，嘴巴就先動了。「我不是立志當醫生嗎？」

我很清楚自己想說什麼，卻不知道如何表達，只能說一句算一句。

「如果我以後當上醫生，一定會有人問我：『當初為什麼想當醫生？』畢竟我不是出身於醫生世家之類的。雖然我想當醫生的動機和老師一點關係也沒有——」

我望著保坂的眼睛說話，希望每一字、每一句都能傳遞到他的心裡。

「不過，我會說是老師鼓勵我的。我絕對會說：『多虧國三時的老師，我才能成為醫生。』」

我可不願意。

剛才保坂確實打動我的心。雖然只有一點點，但他確實對我的人生造成影響。我希望保坂能夠以自己為榮，要不然我不就是一時昏了頭，被一個連自己都不相信的人給感動了嗎？這樣多遜啊。

保坂錯愕地看著我，不久，又露出我從未見過的溫和微笑，拍了拍我的肩膀，並在擦身離去時說了一句話。

「謝謝。」

保坂走了，高大的背影逐漸變小。我以為自己現在應該哭得出來，可是終究連一滴眼淚也沒流。

「喂！」在鞋櫃前，有人呼喚我。我轉頭一看，忍不住皺起眉頭。

跑步追來的是個氣喘吁吁的男學生，不是圭吾、不是孫，也不是加藤，而是今野。明明是自己主動攀談，今野卻一直扭扭捏捏地不說下去，我耐不住性子，開口問：

「幹嘛？」

「呃，我想說這是最後了……」

「最後又怎樣？」

「我和你有很多過節吧？我希望能好好做個了結。」

「那些事都已經過去了，加藤也原諒你了吧？」

「是啊。可是沒聽你親口說，我就是無法釋懷。我不想帶著這種心情上高中。」

真麻煩。我毫不掩飾厭煩，隨口打發今野：

「知道了，我原諒你，過去的事一筆勾銷。你把我忘了，放眼未來吧，我也會把你忘得一乾二淨。」

這樣行了吧？我看著今野。今野嘟起嘴唇，露出有些不滿的表情。你還有意見？有就快說，我會盡量解決。

「你還有什麼不滿？」

「倒也不是不滿……用不著忘記吧？」

「啊？」

「我是說，不用刻意忘記吧？畢竟以後說不定還會碰面。」

今野喃喃說道，我不禁傻眼。原來如此，求我原諒只是藉口，其實是——想和我做朋友。

——這傢伙是白痴嗎？

我打從心底這麼想。在國中最後一天和上其他高中的人交朋友有什麼用？白痴，太白痴了。沒想到除了我們以外，還有這種白痴。

「——哎，說得也是。」

今野那張被重力往下拉的臉皮立刻上抬。我轉過身，舉起手來道別。

「拜拜，我要回去了。」

「嗯，拜拜。」

我離開今野，走出樓梯口後回過頭來，仰望校舍。或許只要某個環節不同，那小子也會是輝夜姬騎士團的一員。雖然現在思考這件事已經毫無意義。

我一如平時地走過一如平時的街道回到公寓，對躺在客廳沙發上的媽媽說了聲「我回來了」之後，立刻進自己的房間。此時，背後傳來媽媽犀利的聲音。

「浩浩，你是不是有事瞞著媽媽？」

我停下轉動門把的手回過頭，與將手放在沙發椅背上探出身子的媽媽四目相交。

「……為什麼這麼想？」

「直覺。不過看見你的反應以後，我就確定了。」

——糟糕。

我結結巴巴地對露出勝利笑容的媽媽說：

「我想在春假期間做某件事。不過，我不是要瞞著妳，只是還沒決定到底要不要做而已。我本來是打算決定以後再跟妳說。」

「什麼時候決定？」

「不知道，視演練的結果而定，天候也會影響。」

「天候？」

「入春以後氣溫還是沒上升的話就不做，因為很危險。」

「很危險嗎！」

——說錯話了。媽媽凝視著支支吾吾的我，厲聲問道：

「你到底打算做什麼？」

無可奈何之下，我抓了抓後腦杓，簡短地回答：

「登山。」

2

四月。一年前，我和公主相遇的日子。

我在天亮前離開公寓，前往上野站。我背著裝了行李的運動包，穿越街道來到車站的圓環。就在我和先到一步的加藤聊天時，圭吾和孫也到了。半夜裡提著大行李袋的四個年齡相仿的男孩聚集在車站前——旅行前的構圖就這麼成形了。

不久，熟悉的深藍色車子駛進圓環，停在我們面前。駕駛座上的月亮國王打開行李廂，讓我們把行李放進去。月亮國王坐在駕駛座，我坐在副駕駛座，其他人坐在後座。我們就著這樣的座位安排出發，並以上次搭車時也播放過的THE BLUE HEARTS歌曲為背景音樂，進行交談。

「你們幾個。」月亮國王瞪著前方開口：「有睡飽吧？」

加藤精神奕奕地回答：「睡得很飽！」圭吾說：「我也沒問題。」接著是孫：「我也是。」月亮國王瞥了我一眼。

「你呢？」

「……我太緊張了。」

月亮國王用鼻子哼了一聲。後座的加藤高聲說道：

「沒想到浩人抗壓性這麼差。」

「囉嗦，我是纖細。」

「是嗎？我倒覺得是單純。」

孫插嘴說道，我不悅地回答：

「什麼意思？」

「抱歉，我用字不恰當，是純粹。因為你不會把理智帶入情感裡，一旦觸動心弦就會格外感傷。」

「……所以到底是什麼意思？」

「就是你不會被周圍影響的意思。你不會因為大家都在哭，就覺得自己也非哭不可，對吧？」

如果是這個意思的話，倒還不壞。「是啊。」我得意洋洋地回答，圭吾立刻調侃我：

「真的很單純。」

「幹嘛？你沒資格講我吧。」

「啊？」

「大家一起看冒險之書的時候，你噙著眼淚吧？我完全沒哭。」

「那是因為你之前已經看過一次了好不好！」

噗哧！

猛然吐氣的聲音傳來，我轉向旁邊，只見月亮國王嘴角帶笑意，凝視著擋風玻璃喃喃說道：「你們總是這麼元氣十足。」

他的眼角往下垂，側臉浮現落寞之色。

「難怪我女兒很喜歡跟你們在一起。」

背景音樂切換了。

以弦樂器演奏的雄壯前奏，是〈一千零一把小提琴〉。公主說過她很喜歡，同時是我聽的第一首THE BLUE HEARTS歌曲〈一千把小提琴〉的交響樂版。

「七瀨同學。」溫柔的聲音詢問：「你知道這首歌的歌名從『一千』變為『一千零一』的意義嗎？」

不知道。我也因為好奇而查過，可是沒找到答案。另一個浩人和他的團員們常做這種事，創作、演奏、高唱發人省思的歌曲，訴說「靠你自己找出答案」。

「不知道。」

「是嗎？我也不知道。我女兒很好奇，我替她查過，但是沒查到答案。」

原來公主也感到好奇。月亮國王望著遠方，繼續說道：

「比起為何改名，更引人思考的是多出來的『一』究竟是什麼。什麼東西是『一千』的時候沒有，到了『一千零一』的時候才有呢？」

多出來的「一」。既不是完全相同，也不是截然不同，而是微乎其微地增加。

「大概沒有任何意義吧。」

車速加快了。是嗎？我覺得應該有意義，應該找得出意義。雖然這麼想，我卻說不出口。不久，〈一千零一把小提琴〉播完了，下一首〈無盡之歌〉開始播放。

☽

清晨，我們抵達富士山的富士宮口五合目停車場。

我們從車上拿出行李，進行準備。裡層、中層、外層，我們穿上重重防寒衣與登山鞋，拿起前端猶如鐮刀的鐵棒。這叫冰斧，是用來插進雪地裡支撐身體的。要登上日本最高峰，必須使用這類特殊裝備才行。我們的背包裡除了水壺、毛巾等普通的登山用具以外，還有用來抵擋飛雪走石的安全帽，以及裝在登山鞋上以增加雪面抓地力的冰爪。

準備完畢以後，月亮國王將我們集合起來，給我們忠告。四月的富士山雪很多，已經有好幾個登山客死亡；雖然天氣預報顯示天候狀況不錯，但是山上天氣多變，難以預料；這個時期官方禁止登山，若是發生意外，只能說是自己活該；只要稍感危險，就該毫不遲疑地立刻下山。對於這些忠告，我們全數回以「是」、「知道了」等肯定答案。輝夜姬騎士團的團長是我，但是今天的指揮官是月亮國王，除了「Yes sir」以外不會有其他答案。

提議畢業旅行去爬富士山的人當然是我。

理由很簡單，因為那是全日本距離月亮最近的山。要爬全世界距離月亮最近的山太困難了，所以將就一下，爬富士山就好。我以為這是將就，然而實際查詢過後，才知道爬富士山比想像中困難許多，所以我們開始尋找有登山經驗的大人幫忙，而首當其衝的，就是大學時代參加漂鳥社、攻克眾多雪山的月亮國王。

聽了我們的請求以後，月亮國王原本打算阻止我們，我們卻使出絕招「不然我們自己去」，終於成功地說服月亮國王加入隊伍。我們曾經闖入宗教團體的聚會、跑去流氓事務所嗆聲，還在晚上入侵學校頂樓開獨唱會，他大概是認為我們真的會付諸行動吧。他很了解我們。

月亮國王不僅將從前使用的登山用具送給我們，還帶我們去難度比富士山低的雪山進行演練，盡心盡力協助我們的計畫。不知是太過盡心盡力還是想起了從前，指導我們登山的月亮國王像魔鬼一樣嚴厲，加藤甚至曾經半哭著問道：「別爬富士山了好不好？」不過，我們還是克服了重重困難，終於抵達「只剩登山」的階段。

「走吧。」

在月亮國王的帶領下，我們踏進山裡。空氣十分清澈，冷得嚇人。我們立刻攻向被雪覆蓋的山坡，將冰爪裝到登山鞋上，一面削刮即將變成冰塊的雪，一面往上邁進。

山上的樹木全都枯萎了，放眼望去盡是白色。看到一面哇哇大叫一面滑落陡坡的男人，雖然忍不住發毛，我們還是繼續在漫無止盡的雪景中行走。後來，走在最後頭的加藤開始落後，察覺此事的孫問道：

「加藤，你不要緊吧？」

「唔？啊……不要緊，不要緊。」

加藤嘿嘿笑道，我不禁皺起眉頭。在一起已經將近兩年，所以我看得出來，現在的加藤用遊戲來比喻，就是血條變黃且陷入輕微的異常狀態，比如敏捷度下降之類的。

「要休息嗎？」

月亮國王詢問加藤，加藤笑著擺了擺手。

「我沒事。」

「是嗎？那就下山吧。」

加藤臉上的笑容消失了。

「登山最怕的就是不懂得自我管理的人。連我這個領隊都覺得最好休息一下，你卻還堅持自己沒事，那就只好下山了。」

「……對不起，請讓我休息。」

加藤立刻妥協。他把冰斧插在雪地上，吁了口氣就地坐下。圭吾和孫也坐下來說道：

「被罵了喔。」「不要緊吧？」我並未加入三人，而是去找在不遠處確認雪的硬度的月亮國王。

「呃，相馬先生。」

「幹嘛？」

「我們現在大概爬到百分之幾？」

「距離大概是一半，不過從這裡開始，氣溫會下降，坡度也會變得更陡，還會颳強風。就這層意義而言，算是三分之一吧。」

三分之一。我瞥了坐在雪地上的大家一眼。三分之一就累成那樣，真的沒問題嗎？之後還得下山耶。

「覺得不安啊？」

「……對。」

「是嗎？哎，只能聽天由命了，想再多也沒用。目前山況絕佳，老天爺是站在我們這一邊。期待這一點吧。」

被他隨口打發了。我從演練的時候就有這種感覺，這個人在平地的時候和在山上的時候好像不太一樣，就像是那種握住方向盤就會性格大變的人。

「相馬先生的呼吸還是很平順啊。」

「是啊。雖然很久沒爬這種層級的山了，但還算過得去。」

「您出社會以後就完全不登山了嗎？」

「結婚前還有，結婚以後就把家人放在第一位。太太和女兒也不是會登山的類型。如果我有個像你這樣的兒子，或許偶爾會來登山吧。」

月亮國王仰望蔚藍的天空喃喃說道。空虛的氛圍。公主在冒險之書裡說過她「給爸爸寫了信」，不知道是什麼樣的信？公主留給我的冒險之書，讓當時死氣沉沉的我重新振作起來，不知道她留給月亮國王的信可有賦予國王這種力量？

如果沒有的話──

「呃……」

我開口呼喚，待月亮國王回過頭來以後，才繼續說道：

「我從出生以來就沒有爸爸，今天這樣的活動感覺很新鮮。如果相馬先生願意的話……」

公主和我訂了婚。換句話說，這個人本來會成為我的岳父，我當然不能置之不理。公主一定也希望我這麼做。

「我們以後再來登山吧。裝備只用一次也很浪費。」

月亮國王用無機質的雙眼看著我，而我露出了討好的笑容。不久後，月亮國王板著臉，發出毫無抑揚頓挫的聲音。

「好吧，我會考慮。」

他撇開臉，喃喃自語似地說道：

「話說回來，登山啊？」

月亮國王走向正在休息的加藤等人，聲音隔著他的背部傳來。

「那得要禁菸，培養體力了。」

——想做的事做一做，早點死一死。

和煙霧一起吐出的話語在腦海中復甦。

「是啊。」我點了點頭，追著頭一次以個人立場相對的月亮國王——相馬先生而去。

剛挨過罵的加藤一看到相馬先生走來，表情立刻緊繃起來。

3

如相馬先生所言，前頭的路比剛才艱難許多。

最難熬的就是驟風，不僅將身體吹得快浮起來，如塵埃般飛舞的雪花也會擋住視線。

我們必須仰賴相馬先生帶路，風一吹，幾乎連相馬先生都看不見了。「你們只要有一個沒有平安下山，我就把全部的財產送給你們爸媽，然後自殺。」登山前，相馬先生之所以用這種駭人的方式激勵我們的理由，我現在總算明白了。

然而，即使如此，我們依舊繼續前進，沒有人說喪氣話，也沒有人耍嘴皮子。我們既不能從這趟登山之旅中得到任何有形的事物，也不是因為愛好登山才來的，所以，就算有人在相馬先生做出下山判斷之前先說出「我們還是下山好了」，也不足為奇。不過，大家都拚了命地全力以赴，讓登山之前曾有這種想法的我感到很慚愧。

不久，我們在行進方向看到了被雪覆蓋的鳥居頂部。

那是位於富士山頂的淺間大社的鳥居。我們克制著立刻衝過去的衝動，慎重地跟著相馬先生前進。過一會兒，我們抵達鳥居前，加藤立刻大叫：「到了！」並把冰斧插在地上，就地坐了下來。孫對他說：

「加藤，還沒到啦。」

「咦？」

「前面有個叫劍峰的地方，那裡才是日本的最高點。你看，就是那裡。」

孫用冰斧指著被雪覆蓋的山峰。「真的假的？」說著，加藤緩緩站起來。有別於說出的話語，他的語氣並沒有悲愴感，大概是因為目的地已經近在眼前吧。我也覺得幾乎等於破關了，從圭吾和孫的表情，可以知道他們同樣是這麼想。

不過，相馬先生的一句話改變了這股氛圍。

「接下來你們自己去吧。」

四個人全都看著相馬先生。相馬先生的神色絲毫未變，淡然說道：

「這是你們的畢業旅行，由你們自己登頂比較好。我在這裡等你們，你們四個好好聊一聊再回來。」

「……可以嗎？」

「可以。從這裡到劍峰的難度不算高，我相信你們。不過，千萬別逞強。」

認真的聲音。我也用同樣的聲音答「是」，點了點頭。接著，我帶頭踏上雪地。

踏出腳步時，讓冰爪牢牢刺入雪地；為了防止跌倒，腳跟要保持一定距離。我回憶學到的基本原則，一步一步地緩緩前進。在朦朧霧氣的籠罩下，看不見山下的景色，映入眼簾的只有僅剩頂部外露的防墜柵欄、一片雪白的山地，和一起行走的夥伴們。

「欸，」加藤一面喘氣一面說道：「我們來好好聊一聊吧。」

喳、喳，踩碎硬雪的聲音和孫的聲音混在一塊。

「好啊，要聊什麼？」

「這個嘛，不如來聊聊『如果我們沒認識』會如何？」

「什麼跟什麼？這是哪門子的主題？」

「最近我在思考這個問題，就這樣。」

如果我們沒認識——我運轉因為疲勞而發燙的腦袋，順著主題思考。

加藤率先說道：

「我跟浩人、圭吾不一樣，很有社交能力，對吧？」

「去死啦你。」

「小心我宰了你。」

我和圭吾同時吐嘈，加藤充耳不聞。

「所以就算沒認識大家，應該也交得到朋友。我會和那些朋友一起玩、一起念書，然後……」

加藤頓了一頓，走了兩步以後，用不像他的低沉聲調繼續說道：

「我大概會瞧不起你們。」

一陣強風吹過，我把冰斧刺入跟前，打開雙腳、彎腰低頭，採取擋風姿勢。等風停了以後，我再次邁開腳步，話題也跟著繼續下去。

「不管是浩人、圭吾還是孫，我一定會因為家庭環境而瞧不起你們。尤其是孫，我的成績根本比不上孫，搞不好還會因為嫉妒而說一些很難聽的話。」

「『再怎麼會讀書，也找不到像樣的工作啦』——像這樣？」

孫用戲劇化的口吻說出嘲笑自己的話語。明明沒颳風，加藤卻垂下頭。圭吾從旁插嘴問道：

「那是什麼鬼啊？」

「畢業典禮當天，班上同學偷偷說我的壞話，碰巧被我和加藤聽見了。」

「真欠扁。」

「沒關係，我早就習慣了，只是加藤好像還不習慣。」

孫瞥了加藤一眼。加藤依然垂著頭，喃喃說道：

「嗯，我不習慣。孫過得比我辛苦多了，但還是考到全校第一名，用實力輾壓周圍，可是居然還有人說這種話，我真的很震驚。如果是圭吾的話我倒還可以理解。」

「喂！」

「所以我就在想，如果我踏錯一步，是不是也會變成那樣？如果我國二的時候沒認識你們，和那些會說別人壞話的人交朋友，是不是也會一起嘲笑孫？所以——」

加藤抬起頭來，聲調也一起上揚了。

「我很高興自己現在沒有變成那樣。絕對不會變成那樣的你們或許很難理解，不過我真的很開心。這一點我一定要在今天說出來。」

加藤露出靦腆之色。雖是一如平時的稚氣笑容，但是不知何故，卻比平時還要成熟，看起來好耀眼。

「絕對不會變成那樣？」

孫小聲重複加藤的話語。

「你太抬舉我了。我也可能做出同樣的事。」

「不可能吧。你和我不一樣，知道被人歧視的痛苦。」

「沒這回事。我絕對有可能變成以偏見輕視別人的人。」

「為什麼?」

「欸，加藤，你以為聽那種話聽到『早就習慣』的我，這輩子從來不覺得『日本人真的很欠扁』嗎?」

加藤睜大眼睛。孫並沒有看著我們，繼續說道：

「老實說，認識你們之前，我很瞧不起日本人。每個人開口閉口就是一副『老子可是日本人』的態度，腦筋卻比我差多了，要我不輕視也難。」

我想起暑假的時候，孫在靖國神社所說的一番話。什麼是不折不扣的日本人?日本人是某種地位嗎?孫應該真的輕視過日本人吧，才會脫口說出那樣的話。

不過，現在不一樣了。

「是你們改變了我。」

孫說出我預料中的話語，愉快地笑道：

「你們從不用國籍來看待我。水餃很好吃，紹興酒很難喝——就像這樣，你們不是憑分類，而是憑內在判斷。哎，我個人還滿喜歡紹興酒就是了。」

「咦?那有股藥味，很難喝耶。」

「因為那是藥酒啊。味覺跟小孩一樣的人，應該會覺得不合胃口吧。」

加藤沉默下來。我也不喜歡紹興酒，所以默不吭聲。

「認識大家以後，我才發覺自己是只會讀書的蠢蛋。所以我和加藤一樣開心。我這麼說或許像是老王賣瓜，不過我的腦筋太好了，要是走錯路就會錯得很離譜。沒有落到那種田地，我很幸福。」

幸福。說出這個字眼的孫，側臉看起來真的很幸福。

好，還有兩個人。排越後面，門檻就越高，所以我要搶先——

「要是沒認識你們，我應該會去當流氓吧。」

——被搶先了。我暗自悔恨，一旁的圭吾平靜地娓娓道來。

「我沒跟你們說過，其實現在回頭想想，我真的自暴自棄得很厲害。有人說比起改過自新的小混混，從一開始就沒誤入歧途的人更了不起，我覺得這麼說一點也沒錯，你們真的很了不起。」

圭吾沉默下來。「咦？這樣就結束了？」這樣的空氣流動著，就在我煩惱該不該開始說話之際，圭吾喃喃說道：

「前一陣子我去上野的書店，跟店員道歉：『對不起，我以前在這裡偷過東西。』」

書店，偷東西——聽見與自己也有關聯的字眼，加藤的表情變得僵硬起來。

「其實我不是去道歉的，可是忽然就想起以前的事，等我回過神來，已經站在收銀台前跟店員小姐道歉。結果，那個店員給我一張書籤說：『下次買書回去看吧。』所以我買了小說，現在正在看。這是我這輩子頭一次看小說，很好看。我應該早點看小說的。」

圭吾和小說，一點也不搭。不過，這種不搭調的感覺很可愛。

「如果沒有認識你們，我大概一輩子都不會看小說吧。」

圭吾吐了一大口氣，大步往前邁進。終於輪到我。我吞了口口水潤喉，做好發聲的準備。

「我——」

「啊！欸，那就是山頂吧！那個石碑！」

加藤指著前頭的石碑。孫點了點頭說：「應該是。」圭吾也幹勁十足地說：「好！就差一點了！」我沉默下來。無可奈何，現在只能這麼做。

我們逐步邁向石碑，情緒與縮短的距離成反比，越來越亢奮。再走幾步，只差幾步。陽光照耀下的白色山地十分耀眼，我瞇起眼睛，一步步走向山頂，終於……

——抵達了。

日本最高峰富士山劍峰。

加藤高高地舉起拳頭大叫：「好耶！」孫喃喃說道：「好累喔。」在雪地上坐了下來，脫下安全帽，其他人也採取同樣的行動。冰點之下的風冷卻了因為汗水而悶熱的頭皮，這股舒適感讓我陶醉地閉上眼睛。

我抬起眼皮。在霧簾的覆蓋下，遠景顯得朦朦朧朧，不過即使處於朦朧之中，我依然知道自己身在多麼不得了的地方。標高三七七六公尺，日本的頂點，這個國家最接近月亮的地方。

「浩人。」加藤從旁窺探陷入沉思的我。「接下來呢？」

帶著賊笑的表情。仔細一看，圭吾和孫也用同樣的表情看著我。我把視線從大家身上移開，望著被霧氣覆蓋的山下，開口說道：

「在認識大家之前，我對自己的人生沒什麼興趣。」

回想起來，那是沒有留下任何事物，也沒有積聚任何事物，只是不斷流逝的日子。

「倒也不是想死之類的，而是真的沒有興趣。明明是我的人生，卻像事不關己。就好像在看一部超級無聊的電影，而這部超級無聊的電影還打上『七瀨浩人的人生』這種標題，讓我覺得更沒意思了，只希望快點結束。」

我打住話頭，吸了口氣，又吐了出來。

「不過，認識你們以後……」

我不禁露出微笑，連忙抿緊嘴唇，可是說著說著，又忍不住露出笑意。

「一切都改變了。過去就像是被逼著坐在超級無聊的電影前，可是不知不覺間，卻變成超級好玩的遊戲的主角在冒險，真的好快樂。所以——我開始希望不要結束。」

笑開的嘴唇在無意識間抿緊了。

「我現在有點害怕。」

說這種話無濟於事，我很清楚，可是停不下來。

「我們的冒險將會在這裡結束。沒有人死掉，也沒有人搬家，大家都住在隨時可以見面的地方，可是上了高中以後，我們一定不能像現在這樣了，我們的遊戲已經進入結局。」

我緩緩抬起頭來，環顧比平時近了三千公尺的天空，並且目不轉睛地凝視著找到的白色月亮。

「是我結束這個遊戲的。」

全身開始微微打顫。好冷，冰點下的室外氣溫根本比不上身體內側的寒意。我是為了做個了結而來到這裡，是我選擇這裡做為結束一切的地點，可是事到臨頭，我卻怕得不得了。

腦後傳來冷淡的聲音。

「別婆婆媽媽的，快點結束吧。」

我回過頭。鼓起臉頰的圭吾一如平時，粗暴地說道：

「這趟冒險暫時告一段落，接下來看是要推出新作，還是出『Ⅱ』、『外傳』、『零式』都可以，快點推出下一部作品吧。為了這種無聊事擔心害怕，一點也不像你。那是加藤的角色吧？」

「別隨便分派遜咖角色給我行不行？」

加藤插嘴，接著又抓了抓臉頰，繼續說道：

「哎，不過，我也有同感。先畫下休止符吧，然後往下一趟冒險邁進。下次我們或許不再是隊友，不過以後的事以後再說就好。」

下次或許不再是隊友，不過以後的事以後再說就好——被這句強而有力的話語痛擊的我啞然無語，孫溫柔地說道：

「浩人，我們大家都認為自己的人生主角是自己，不過這趟冒險畢竟是始於你，輝夜姬騎士團的團長也是你。所以……」

孫用拇指指著月亮，面露賊笑。

「來個帥氣的結尾吧。」

——是啊。

沒錯，他說得對。我迷失自我，被不重要的事物過度束縛。對於我們而言，最重要的不是我們在一起。

而是要帥。

我把背包放到雪地上，拿下手套收進背包裡，站了起來，大大地張開左手，朝著月亮舉起。無名指上的戒指閃閃發光。

「望～～～～～～～～」

這是我頭一次這麼叫她。君臨月亮的高貴公主的閨名。

「我考上了！」

我拉開嗓門，好讓聲音可以傳到月亮上，讓她聽清楚每一字、每一句。

「我會當上醫生的！」

氣接不上了，後頸開始發燙，頂多只能再喊一、兩句。

「所以——」

替我加油。

鼓勵我。

——不。

「走著瞧！」

凍結的天空微微震動。我帶著將肺部裡的空氣盡數吐出的舒暢感，笑著仰躺下來。加藤和我一樣邊笑邊說道：

「什麼『走著瞧』啊？」

「她最後寫了那種東西，當然要她『走著瞧』啊。」

「哦，那個啊？『我有件事要拜託最愛的浩人。』」

加藤用調侃我的語氣默背冒險之書的某個段落。

「『請把我忘得一乾二淨。』」

我嘆了口氣。加藤越念越順口。

「『不，抱歉，忘得一乾二淨太誇張了，回憶還是留著吧。該怎麼說呢？我不希望你為我改變人生。婚約可以作廢，如果你遇上適合的人，就和她結婚吧。當醫生的夢想也可以重新考慮。我知道你很努力，不過還是有點勉強吧？』」

默背停下來，圭吾和孫樂不可支地調侃我：

「她對你很沒信心耶。」

「你明明就已經達到錄取的水準，她還這麼講，可見她對你沒有半點期待。」

我回一句「吵死了」，坐起上半身，不經意地發現不遠斜坡上的雪花像煙霧般飄舞著。糟了——就在我如此暗想的瞬間，一道粗糙的聲音劇烈地撼動鼓膜。

轟！

目前為止最強烈的驟風襲來。我彎下身子，抓住插在雪地上的冰斧。風與雪花撞上脫掉手套的手，逐漸奪去皮膚的感覺。漸漸地，握著冰斧的觸感變弱了，就在我暗叫大事不妙之際，風勢逐漸轉弱。

不久後，風停了。我把雙手放到嘴巴前，呵氣弄暖，並坐起身子，望向遠方。

無限延伸的土壤與綠色大地。

被驟風吹散的雲霧，在遠方山地稜線罩上一層薄薄的靄氣。自然景色在眼底拓展開來，人類的聚落零星散布於其中。壯闊美麗，與冒險的結尾相得益彰的景色，讓我有種俯瞰整個地球的感覺。不屬於任何人的世界，現在確確實實地納入我的掌心。

「欸，」背後傳來加藤顫抖的聲音。「我有點想哭。」

是嗎?真巧，我已經在哭了，淚水不斷奪眶而出。不過因為太遜了，我絕對不會說出來。

「那就哭吧。」

我悄悄擦掉眼淚，抬頭仰望天空。高掛於藍天之中的白色月亮宛若世界的缺口，給我一種確切的預感：另一頭應該是個全新的世界。

4

下山以後坐上車子，駛進首都高速道路時，已經是晚上了。

後座的三人全都睡著了，而我是醒著的。雖然想睡，但是副駕駛座上的人不該睡覺，我必須遵守這個基本禮儀——並不是因為這個緣故，而是因為我是頭一個睡著的，所以頭一個醒來。一醒來，相馬先生便說：「你睡得很熟啊。」雖然知道他不是在責備我，我還是覺得很不好意思。

夜晚的首都高速道路十分壅塞，並排的車尾燈看起來猶如燈飾一般美麗。氣氛很安詳，可是汽車音響播放的音樂偏偏是〈琳達琳達〉。另一個浩人的吶喊聲和相馬先生的沙啞嗓音重疊了。

「今天開心嗎？」

「開心。」

「是嗎？那就好。不過，我希望你們別跟人提起這件事。」

「為什麼？」

「因為帶著國中生去爬殘雪期的富士山，是違反登山倫理的行為。」

「我們平安無事啊。」

「以結果論來評論事情的登山客沒資格登山。」

他是個一板一眼的人。為什麼這樣的人會養出那種自由奔放的女兒？

「不過，要是相馬先生不幫忙，我們四個人很可能會自己去，然後遇難……」

「沒錯。關於這一點，我也要說說你。聽好了，精力旺盛是好事，但是別做有生命危險的事。聽說你還從學校頂樓跳下來？我看完女兒的日記以後，都忍不住發抖了。」

我這是自掘墳墓。相馬先生對著縮起脖子的我厲聲說道：

「要是你死了，你媽媽會傷心的。」

媽媽的開朗笑容倏地浮現於腦海中。

「如果你不想讓媽媽傷心，就要好好愛惜自己。」

我用幾乎快消失的聲音答：「是。」相馬先生隔著後照鏡望著張大嘴巴睡覺的圭吾他們，用不同於剛才的柔和聲音說道：

「不過，哎，我了解你們的心情。從前我也和你們差不多。」

「相馬先生嗎？」

「嗯。國中時期特有的那種全能感到底是什麼？那時候，我以為自己可以永遠活著；覺得不管做什麼事，世界都會替我開路。」

不管做什麼事，世界都會替我開路──隨著這句強而有力的話語，〈琳達琳達〉結束了，接下來播放的是〈一千零一把小提琴〉。多出來的「一」代表的意義……

──啊！

「我懂了。」

我忍不住喃喃說道。相馬先生詫異地皺起眉頭。

「懂什麼？」

「『一』啊！『一』。從『一千』變成『一千零一』時多出來的『一』。」

「是什麼？」

「就是自己。」

我滔滔不絕地說道。

「我想，創作打動人心的音樂，是一種連自己都會改變的驚人行為，所以創作出『一千零一』的時候，創作者心中有個不同於『一千』時的自己。可是他們不想失去『一千』時的自己，所以才沒有直接覆寫，而是加了上去。從前的自己和現在的自己，無論是哪個自己，都要好好珍惜。」

總有一天，我也會變成大人。

現在膝蓋內側依然會不時感受到生長痛，陰毛差不多長齊了，不過鬍子還是像胎毛一樣。我還有改變的餘地，以後的我或許會變得與現在截然不同。

不過，到那個時候——

我並不想忽略現在的我。

「自己是嗎？原來如此。」

相馬先生皺起眼尾，露出少年般的笑容。

「這個想法很有意思。」

上野站到了。

我們四個人下了車，拿出行李，向駕駛座上的相馬先生道謝。相馬先生回答：「我也很久沒這麼開心了，謝謝你們。」與我們道別過後，車子便開走了。加藤伸了個大大的懶腰，高聲說道：「啊～好累喔～」

「明天一定會肌肉痠痛。」

孫扭動脖子，圭吾喃喃說道：「會嗎？」加藤立刻挖苦他：「腦袋都是肌肉的人就是這樣……」圭吾威嚇：「啊？」我邊笑邊對大家說道：

「回家吧。」

四人一起穿越斑馬線，進入阿美橫。走過百貨公司旁的小巷，來到第一個十字路口時，孫指著左邊說：「我走這邊。」

「再見。」

「嗯，再見。」

孫走向左邊，剩下的人繼續直走，穿越阿美橫之後往左轉，橫越昭和路。過了馬路以後，加藤便離開我和圭吾，揮了揮手，一派輕鬆地說道：「拜拜，改天見啦。」

「嗯，拜拜。」

加藤走向大馬路，我和圭吾則走進小巷。不久，我們就讀的學校映入眼簾。浮現於黑暗中的四角形建築物。明明沒有任何特殊情感，不知何故現在卻有股難以言喻的感傷。

經過學校，我們來到學校前的公園，並從公園外頭窺探公園裡的「啥物樹」。我們一面看著在月光照耀下散發朦朧光芒的新綠，一面經過公園。圭吾轉過身子，開口說道：「拜拜，有空的時候再見面吧。」

「好，拜拜。」

圭吾轉彎，我則是繼續直走。終於只剩下我一個人。大家雖然約好下次再見，但是要見面應該沒那麼容易了吧，因為老是和國中的朋友在一起很遜。我們就是這樣的人。

抬頭望向天空，上弦月的柔和光芒慢慢滲入眼底。我一面仰望夜空，一面繼續行走，彷彿在忍著不讓什麼掉落。

不久後，我抵達家門口。我從皮夾裡拿出鑰匙、插入鑰匙孔，朝著開鎖的方向轉動，卻毫無阻力。咦？奇怪。我抓住門把一轉，拉動門板。

開了。

媽媽的鞋子還在玄關，走進客廳一看，媽媽正躺在沙發上滑手機。我詢問：「工作呢？」媽媽把手機放到桌上說：

「我沒心情工作。」

「沒心情？」

「爬雪山很危險，一想到浩浩要是沒回來該怎麼辦，媽媽就開始胡思亂想，停都停不下來，沒辦法工作。」

我露出苦笑。別說我真的死了，就連只是有死亡的可能性，都可以對媽媽造成這麼嚴重的影響，我確實該好好愛惜自己。

「既然那麼擔心，幹嘛不聯絡我？」

「我不想打擾你。」

「打擾？」

「你是去向她報告錄取的消息吧？」

「……嗯。」

「怎麼樣？」

「不知道。不過，她應該收到了。」

「是嗎？那就好。既然你覺得她收到了，那她一定收到了。」

「是啊。」

我輕聲回答，走向自己的房間。在我握住門把、正要轉動的時候，背後傳來呼喚聲。

「浩浩。」

我回過頭，只見媽媽露出包容一切的溫柔微笑。

「歡迎回家。」

我對媽媽回以微笑，靜靜地回答：

「我回來了。」

☾

我和好夥伴們以月亮公主為中心展開的大冒險就這麼結束了，不過，最後還有一段小小的後話。

升上高中以後，我也效法公主開始寫日記。日記本的封面上用活像蚯蚓爬動的書寫體寫著「Adventure Book」，這是新冒險的新紀錄檔。我一點一滴地記錄日新月異的自己。

在新的冒險故事中，月亮公主並沒有登場，粗魯的武鬥家、理性至上的魔法師和輕浮的盜賊也尚未露面，但我依然有寫不完的故事，世界不斷帶給我刺激。

七瀨浩人的冒險才剛開始！

這就是我的心境。

對了，我忘記一件重要的事。

自稱月亮公主的少女似乎不是月亮公主，月亮王國是她胡謅的，「返月性症候群」其實是遺傳性兒童癌症——在我接手的冒險之書最後一頁上，用可愛的圓潤字體如此記載著。隨著『對不起，騙了你這麼久。』這句話，我彷彿可以聽見一陣淘氣的嗤嗤笑聲。

你相信嗎？

我不相信。

所以現在每逢月色皎潔的夜晚，我依然會朝著夜空揮手。

（完）

香香
ありがとう

〈月亮轟炸機〉
OT：月の爆撃機 (TSUKINO BAKUGEKIKI)
OA/OC：Kohmoto, Hiroto
OP：Gingham Music Publr., Inc.
SP：Universal Ms Publ Ltd.

國家圖書館出版品預行編目資料

御徒町輝夜姬騎士團 / 浅原ナオト作 ; 王靜怡譯.
-- 初版. -- 臺北市 : 臺灣角川, 2020.10
面 ;　公分. -- (Kadokawa light literature)(角川輕.文學)
譯自 : 御徒町カグヤナイツ
ISBN 978-986-524-052-3(平裝)

861.57　　　　109012506

御徒町輝夜姬騎士團

原著名＊御徒町カグヤナイツ

作　者＊浅原ナオト
插　畫＊新井陽次郎
譯　者＊王靜怡

2020年10月8日　初版第1刷發行

發 行 人＊岩崎剛人
總 編 輯＊呂慧君
編　　輯＊溫佩蓉
美術設計＊李曼庭
印　　務＊李明修（主任）、張加恩（主任）、張凱棋

台灣角川

發 行 所＊台灣角川股份有限公司
地　　址＊105台北市光復北路11巷44號5樓
電　　話＊（02）2747-2433
傳　　真＊（02）2747-2558
網　　址＊http://www.kadokawa.com.tw
劃撥帳戶＊台灣角川股份有限公司
劃撥帳號＊19487412
法律顧問＊有澤法律事務所
製　　版＊尚騰印刷事業有限公司
I S B N＊978-957-524-052-3